学做妙人

蔡澜

作品

湖南文艺出版社
HUNAN LITERATURE AND ART PUBLISHING HOUSE

博集天卷
CS·BOOKY

目录
Contents

男人女人

学做妙人

附:
访问自己

序

　　除了我妻子林乐怡之外，蔡澜兄是我一生中结伴同游，行过最长旅途的人。他和我一起去过日本许多次，每一次都去不同的地方，去不同的旅舍食肆。我们结伴共游欧洲，从整个意大利北部直到巴黎，同游澳洲、新加坡、马来西亚、泰国之余，再去北美，从温哥华到旧金山，再到拉斯维加斯，然后又去日本，最近又一起去了杭州。我们共同经历了漫长的旅途，因为我们互相享受做伴的乐趣，一起享受旅途中所遭遇的喜乐或不快。

　　蔡澜是一个真正潇洒的人。率真潇洒而能以轻松活泼的心态对待人生，尤其是对人生中的失落或不愉快遭遇处之泰然，若无其事，不但外表如此，而且是真正的不萦于怀，一笑置之。"置之"不大容易，要加上"一笑"，那是更加不容易了。他不抱怨食物不可口，不抱怨汽车太颠簸，不抱怨女导游太不美貌。他教我怎样喝最低劣辛辣的意大利土酒，怎样在新加坡大排档中吮吸牛骨髓，我会皱起眉头，他始终开怀大笑，所以他肯定比我潇洒得多。

　　我小时候读《世说新语》，对其中所记魏晋名流的潇洒言行不由得暗暗佩服，后来才感到他们矫揉造作。几年前用功细读魏晋正史，方知何曾、王衍、王戎、潘岳等这大批风流名士、乌衣子弟，其实猥琐龌龊得很，政治生涯和实际生活之卑鄙下流，与他们的漂亮谈吐适成对照。我现在年纪大了，世事经历多了，各种各样的人物也见得多了，真的潇洒，还是硬扮漂亮，一见即知。我喜欢和蔡澜交友交往，不仅仅是由于他学识渊博、多才多艺，对我友谊深厚，更由于他一贯的潇洒自若。好像令狐冲、段誉、郭靖、乔峰，四个都是好人，然而我更喜欢和令狐冲大哥、段公子做朋友。

蔡澜见识广博，懂的很多，人情通达而善于为人着想，琴棋书画、酒色财气、吃喝嫖赌、文学电影，什么都懂。他不弹古琴，不下围棋，不作画，不嫖，不赌，但人生中各种玩意儿都懂其门道，于电影、诗词、书法、金石、饮食之道，更可说是第一流的通达。他女友不少，但皆接之以礼，不逾友道。男友更多，三教九流，不拘一格。他说黄色笑话更是绝顶卓越，听来只觉其十分可笑而毫不猥亵，那也是很高明的艺术了。

过去，和他一起相对喝威士忌、抽香烟谈天，是生活中一大乐趣。自从我心脏病发之后，香烟不能抽了，烈酒也不能饮了，然而每逢宴席，仍喜欢坐在他旁边，一来习惯了，二来可以互相悄声说些席上旁人不中听的话，共引以为乐，三则可以闻到一些他所吸的香烟余气，稍过烟瘾。蔡澜交友虽广，不识他的人毕竟还是很多，如果读了我这篇短文心生仰慕，想享受一下听他谈话之乐，未必有机会坐在他身旁饮酒，那么读几本他写的随笔，所得也相差无几。

学做妙人
Be an Intelligent Person

人生配额

等到你能确定什么是"最"好，你已经是"最"老。

最

读者们最喜欢问我的问题，都和"最"字有关。

什么是"最"好吃的？什么是"最"好喝的？哪一家餐厅"最"便宜？你"最"喜欢哪一个作家？为什么"最"喜欢背这个和尚袋？

这个"最"字"最"难回答，因为我的爱好太多，尝过的美味也太杂，很不容易一二三地举出例子，而且对其他的"最"也很不公平。

什么是"最"呢？从比较开始。没有"最"便宜的，就没有"最"贵的了。

通常以价钱来衡量，是"最"俗气的办法，是暴发户的标准罢了。

一只辣椒不会贵到哪里去。但什么是"最"辣的辣椒呢？也没有标准，辣味不能用斤来衡量。"最"后，还是用比较了。

把普通的辣，像酿鲮鱼的辣椒定为零级，一直加重，泰国指天椒不过排行第六，"最"后的哈瓦那灯笼椒，才是十。

味道如何？女记者问我。

不试过怎么知道？那种辣法根本不能用文字来形容。

我常回答她："像须后水。"

"须后水？"她大叫，"须后水和辣椒扯得上什么关系？"

"不是须后水和辣椒有什么关系，是和你有没有试过有关系。你们根本没机会剃胡子，怎么知道哪一种须后水最好？"

从一个"最"字，也能看出对方的水平。像我"最"爱看《老夫子》，和我"最"爱看《红楼梦》，就有"最"大的差别。

"最"字和"渐"字一样，是渐进式的，渐渐地，你就知道什么是最好的。这是在不知不觉中得到的成果。

等到你能确定什么是"最"好，你已经是"最"老。

会

"原来你们会看月色，又能预测天气，真是了不起！"知识分子到了田中，感叹农夫们的本事。

老百姓耸耸肩：没什么了不起的呀。

所谓学问，学学问问，就学会了嘛。最怕你不愿去学，不肯去问。

学了问了，就变成知识分子。但是知识分子最大的毛病，莫过于以为自己了不起，学会一样东西，听到一个事件，马上就炫耀出来，大声疾呼：我会这，我会那。

真正学会的人，却像农夫一样不出声，耸耸肩：没有什么了不起。

像画画，从素描开始，不停苦练，学会了写实之后，再进入写意，最后完全抛掉，画出儿童画一样天真的作品。

像写字，从临碑帖开始，勤摹名家，最后创出自己的字体，却要有很深的基础才行。

不单是艺术，做买卖也一样，善于经营的人，都不自叫"我会做生意"！

这等于律师说"我懂得法律"！

律师不懂法律，做什么律师？

凡是自吹自擂的人，一定自信心不强。最低能的，莫过于有些医生说："我医好某某人。"听到这种话，最好别找他。

也很少听到知识分子说："我看了这本书，又看了那本书。"

只见他们发表文章，攻击这个人，批评那个人。懂得一点皮毛，即刻引用。

自以为是知识分子的人，包袱太大，是假的知识分子。如果要批论，只能说出一个观念的正确与否，专门对付一个人，是没有自信心的表现。

"原来你会写文章，真是了不起！"有人向我这么说。

我只是写，每天写，不知道会不会。

活着

"你做那么多事，一定从早忙到晚！"认识我的人那么说。

也不一定，我有空闲的时候，有时一天什么事都不做。慢慢梳洗、阅报、看小说，饿了煮个公仔面吃吃，逍逍遥遥。

香港人忙来干什么？忙来把时间储蓄，灵活运用，赠送给远方来访的友人。

返港后，刚好遇到好友路过，我陪他一整天。反正现在有手提电话，急事交代几句，轻松得很，没什么压力。

通常都会睡得迟一点，可惜这条劳碌命不让我这么做，五点多六点就起，到阳台看看，今天又长了多少朵白兰花。

散步到菜市场，遇相熟友人，上三楼去吃牛腩捞面之前，先斩些叉烧肉，吃不完打包回家，中午炒饭，又派上用场。

应该做的零星事，像把眼镜框修理好，手表的弹簧带断了，快去换一条新的。头发是否要剪？脚指甲到时候修了吧？

趁今天多写点稿！这么一想，所谓的悠闲日便完全被破坏。心算一下，这份报纸还有多少篇未发表？那本周刊有几多存货？可免则免，宁愿其他日子挨通宵，也不想在今天做。

是替家父上上香的时候了，将小佛坛的灰尘打扫干净，合十又合十。

是打个电话去慰问家母的时候了，啊！啊！没事吗？没事最好！燕窝吃完了吗？下次带去。今天是赶不及探访了。

篆刻书法荒废已久，再练一练吧？把纸墨拿出来时，改变主意，还是继续画领带好。一条又一条，十几条之中，满意的只有一二，也足够了，明天上班戴上。

"你还要上班吗？"友人问。

不上班，怎么知道礼拜天可贵？不偶尔偷懒一下，活着干什么？

一瞬

生活忙碌，忆儿时的事，愈来愈少，几乎成为奢侈。现在又有一瞬闪过：

日本鬼子投降了。爸妈的朋友，将借款双手奉还的是一大箱失效的军用票。我记得很清楚，上面有棵香蕉树，挂着一串成熟的果实。

他们把钞票扔给我们，先是抓了一把撒上天，飞布周围。簇新的钞票，大大小小。先将第一张摆横，第二张放直后叠起，重复了又重复，变成一条风琴式的长龙。拿来当绳子跳，一下子就断掉。不好玩，干脆拿火柴来烧。

火柴只有手指一节那么长，根是用白纸卷的，上面涂了一层蜡。火柴头虽细小，但擦在石头上也会着。真神奇，拿到白墙上去乱刮，也能点火，只是墙上留下一道道的剩余火药，爸妈回家一定骂我。这根火柴到底能烧多久，看桌上的闹钟，上面有两个大铜铃，没有秒针。烧到指头发肿，再点一根，即刻吹熄。把火柴根打开成一张纸。

这一百根小火柴是装在一个防水的小铁盒中。倒掉火柴，到芭蕉叶丛中抓会打架的小蜘蛛养在里面，一天吐几次口水给它喝。另外赶着把藤椅往地上乱摔，掉出几只臭虫来，拿去给蜘蛛当早餐。

火柴来源于一个空军的军备配给盒，里面还有其他东西：一块巧克力，没加乳的，苦得要死；一小罐的炼奶、牛的碎肉、绿豆和果子酱；六支香烟，奉送父母；一片片的薄面包，浸在水中，泡得像皮球那么大——原来是咬一口吞一口水，马上胀饱肚子的求生玩意儿。

妈妈又买了一个降落伞回来。它的绳子是尼龙线编成的，又白又亮，怎么拉也拉不断，是穿裤头带的好东西。将它一条条地连接绑起来，成一条后用来拔河。不然就当跳绳，圈里能挤三个小孩，同脚步地跳上跳下。降落伞的伞部可以按照缝接口一块块剪开，阔大无比，拿来做衣服不是材料，不如钉起来当蚊帐用。但又不透风，差点把自己闷死在里面。

挣扎，醒来，被被单罩住脸，是忆儿时，还是梦儿时？

忘记

读到泰国高僧坐关，以求捐款建筑佛庙的事，我非常感动。但是，这件事后来演变成高僧与当地寺院争执，被六个大汉强拉出来，又在食物中下泻药，双方互爆丑闻。整件案子复杂得很，不管谁对谁错，已显示出大家关心的不是佛。

日本有位庆应大学毕业的禅宗主持人，前一阵子看不开，自杀了。做了和尚后，还有什么看不开的？我真不明白。

韩国的和尚和尼姑吵架，把她的头给打穿了。虽说佛也有火，但是打女人总不是男子的行为。

我认识的僧人，有些炒地皮、买股票。更有的是客串性质，凡遇做法事不够人手，就把他拉去充数。还有一个经常戴假发，乘奔驰车去逛酒吧。另一个身边时常有白嫩的少年追随。

当然，这是和尚之中较少数的分子，我敬佩的高僧不少，而且影响到我的人生观。

上述的几件事，其实也没有什么好大惊小怪，只是因为他们是和尚，而我忘记了和尚也是人。

看电影，只喜新闻和外国长片。

白天的那位中文节目的报道员长得真是端庄，戴个眼镜，着实诚恳，不卑不亢的态度，的确惹人喜欢得很。

到了晚上英文台的那个，"尊容"就不敢领教了：小眼睛，大口，一微笑，牙齿一根、两根、三根到二十几根，却不整齐。其实美丑并没有一定标准，但最基本的是，做新闻报道员，语言要标准，口齿要清，这位小姐没有具备这两种条件。但是，我又忘记了。

我忘记她也是人家的女儿，她的父母兄姊从小看到她大，自然是可爱。

她能在众多高级职员挑选之下担任这个职位，必定有她的存在价值，我个人的主观看法并不可以代表群众。

也许，长时间下来，我会改变对她的印象，她会逐渐成熟，改进，变得越看越亲切，越看越顺眼。有许多刚入行的演员，起初还不是丑得不得了。我想，在很多类似的情形下，男人才能娶得到老婆。

狂言

我有晚喝醉了，上了一个以为没有什么人听的电台节目，口出狂言。

"你常介绍的一些餐厅，说怎么好吃怎样好吃，我们去了，不过如此。"主持人说。

"手指也有长短呀，"我说，"我去的时候是好吃的呀，你去了没那么好，那是你不够班（粤语方言，意为不够资格）。"

想不到这句话传了出去，我自己感到不好意思，真是说得过分。自己又算是老几？越想越羞耻。做人做得我那么自大，一定是自卑感在作祟，非改正不可。

一对好朋友，没有结婚，同居在剑桥道上，常到九龙城去吃饭。

九龙城的食肆，有些将我在杂志上写的食评放大了贴在橱窗玻璃上，这倒是事实，并非自吹自擂。

好朋友走进了一家，依据我推荐的菜式点了一些。

吃完，觉得不是味道。

朋友在电影圈中也有些名气，他的情人更是模特界的宠儿。

老板走过，看见桌上有剩菜，问道："怎么啦，不合你的胃口吗？"

朋友娓娓道来："蔡澜有一次上电台节目，主持人问他说为何你去的餐厅就好吃，我们去的就不好吃。"

"他真的那么讲？"老板说。

朋友又慢条斯理地说："你知道蔡澜怎么回答？他说那是我们不够班呀。老板，你说我们是不是不够班呢？"

"不，不，不。"餐厅老板即刻打躬作揖地道歉，又送豆浆又送汽水，答应下次来一定好好招呼，以补不足。

朋友后来把这故事告诉我，我说："这一招真管用，说的时候带点委屈，效果更佳。"

猫相

弟弟家养了三十多只猫，每一只都能叫出名字来，这不奇怪，天天看嘛。我家没养猫，但也能看猫相，盖人一生皆爱观察猫也。

猫的可爱与否，皆看其头，头大者，必让人喜欢；头小者，多讨人厌。

又，猫晚上比白天好看，因其瞳孔放大，白昼则成尖，有如怪眼，令人生畏。

眼睛为灵魂之窗，与人相同。猫瞪大了眼看你，好像知道你在想些什么，但我们绝对不知猫在想些什么，这也是可爱相。

胖猫又比瘦猫好看。前者贪吃，致发胖；后者多劳碌命，多吃不饱，或患厌食症。猫肥了因懒惰，懒洋洋的猫，虽迟钝，但也有福相。瘦猫较为灵活，但爱猫者非为其好而喜之，否则养猴可也。

惹人爱的猫，也因个性。有些肯亲近人，有些你养它一辈子也不理你。并非家猫才驯服，野猫与你有起缘来，你走到哪里，它跟到哪里，不因食。

猫有种种表情，喜怒哀乐，皆可察之。喜时嘴角往上翘，怒了瞪起三角眼。哀子之猫，仰天长啸；欢乐的猫，追自己的尾巴。

猫最可爱时，是当它眯上眼睛，眯与闭不同，眼睛成一条线。

要令到猫眯眼，很容易，将它下颌逆毛而搔，必眯眼。不然整只抱起来翻背，让它露出肚皮，再轻轻抚摸肚上之毛，这时它舒服得四脚朝天，任君摆布。

不管是恶猫或善猫，小的时候总是美丽的，那是因为它的眼睛大得可怜，令人爱不释手。也许这是生存之道，否则一生数胎，一定被人拿去送掉。要看可爱的猫，必守黄金教条，就是它为主人，否则任何猫，皆不可爱。

永不

童话中，王子向村姑说："我不会离开你，永远永远在你身边。"

另一个故事，公主拥抱骑士："我爱你一生一世。"

现实社会行不通。因为童话没提起老妈子的事。像英女王不退位，查尔斯只有整天打马球，跌断手。自己爱的人家反对，娶了一个美女当老婆，她又去偷汉子。

玛格丽特公主也是个例子，抽烟酗酒至老，当年她对爱过的、嫁给的，都发过这个永不、永不的誓，但是行不通就行不通。

也许灰姑娘的老公是一个很固执的人，婚后变得枯燥无味。你想想，拿一只鞋子到处找一个女人，不但需要坚持，还有点傻乎乎。

或者，白雪公主长大了，只顾儿女，对白马王子的要求没什么兴趣。她爱心爆棚，七个老头给她搞得服服帖帖，为什么不自己生一大群来玩玩？

旧时的孩子比较单纯，还相信这些误人子弟的故事。信息发达的今天，从计算机中吸取无限的知识，思想成熟得快，见父母亲吵架，其他同学家长离异，爱情故事变成笑话，只能接受魔术、整蛊的剧情，所以《哈利·波特》才流行起来。

幻想破不破灭是另一个问题，男女始终还是要经过恋爱阶段，当然要相信美好的好过残酷的。所以芭芭拉·卡特兰德、琼瑶、亦舒继续有她们的读者，亦舒的故事还较有现代感，尖酸嘛。

"你有一天一定会离开我。"少女说。

男友回答："不，我永远不会离开你。"

"别说你没自信的话，这世间很难有永远这两个字。"少女叹气。

谁能知道未来将发生什么？说永不，只有我们有资格，我们剩下的日子不多，又忍惯了，成功的机会还有几巴仙〔粤语方言，英语percent（百分比）的音译〕。

毛病

试想，我们在飞机上，睡不着觉，不想看书，对电影、电视及音乐没有兴趣，吃东西又没有胃口，那做些什么好呢？尤其是那十几个小时的长途飞行，如何挨过？

最好是玩计算机，和友人通通信，搜查一些新知识，时间很快就过。

当今，你的座位旁边有个插座，是为手提电脑充电而设，玩起什么《星球大战》的电子游戏固佳，写作亦行，可惜有一个最大的毛病，那就是上不了网。

为什么在半空中不能有这种服务呢？会不会是干扰航空运作？记得上飞和下降时，空姐都关照不许用电子产品呀。

当今的科技，绝对没有安全的担忧，在空中上网，只要航空公司肯装上一个Wi-Fi系统，就像喝Starbucks（星巴克）那么简单。

用的是人造卫星，当然得付费，但羊毛出在羊身上，向乘客索取好了，相信他们也不会计较，尤其是在闷得发慌的时候。

其实，早在十多年前，德航已经开始过这种服务，后来不知为何停止，可能是信号未够完善，近来听说要恢复。

几乎所有的美国国内航班都装上了Wi-Fi，为什么东方的国泰和港龙那么大的一个机构还没有呢？

上了网，还可以用Skype（即时通信软件）来通免费国际电话，那更是一举数得了。当然希望早一天实现，但实现了，噩梦又要开始。

有过坐直通车到广州的经验就知道，许多所谓的内地的大亨，在车上大声向手下呼喝，那种声音的污染，是很难受得了的。

这又要延伸到日本去，日本人在火车上是绝对不用手机通话的，若有急事，也会自动走到车厢与车厢之间的空位去小声对话。那是基本礼貌，绝对要遵守才行。

日本人对这种礼貌的遵守根深蒂固，所以他们最早发明用电话发短信，一切联络，默默进行，电话的匙键使用得非常纯熟，甚至令到年轻人不会用笔写字，毛病也大。但说什么，也好过噪声。

羡慕

收到老友金峰兄、沈云嫂的来信，长长的四页纸，另附数张照片，看了老怀欢慰。

没有他们提起，我还不醒觉，大家最后一次见面，已是四十年前的事了。

偶尔，我在电视上还看到金峰兄和钟情等诸位女主角合演的黑白片，卿卿我我，大唱一轮。只要一个镜头进眼，便得把整部片看完，以表思念。

金峰兄是化装大师方圆先生的独子，和沈云姐在一九四五年认识，厮守了整整六十六个年头，相依为命，在把离婚当儿戏，完全不相信爱情存在的当今，算是奇迹。

两人婚后生了四个孩子，儿子方浩和方涌，女儿方平和方茵，一共有十个孙子和一个曾孙，真是名副其实的四代同堂大家庭。

他们移民到了波士顿后，就一直安居下来。沈云姐形容这座文化古老的城市，说一点也没受岁月影响。假如将汽车换成马车，谁也不会觉得怎么改变，每次经过贯穿全城的马萨诸塞大道，老店依然开着，连路上的坑也从没挖好。

三十年前计划的一条地下道，至今尚未完工，街边的各式路栏还是摆着，波士顿人叫它为"大挖"（Big Dig）。看着这种情形，沈云姐也不自觉已经八十许，仍年轻，从照片看来，也的确如此。

改换的是他们的住宅，本来建在湖边，巨大无比，当年因为沈云的姥爷和奶奶也搬来了，需要多个房间。

看到女儿家对面的房子有出售的招牌，他们即刻买下，在二〇〇七年搬了过去。屋宇小了，但只是两老居住，冷暖气费用，已省不少，大家又互相照顾，我可替他们放下一百个心。

搬家时，沈云找到我替他们写的一幅《心经》，相信也已残旧了吧。这几天，趁还没出发到塔希提岛，再抄一张，让他们两老回向众生去吧。

最后沈云写道，有老伴、老窝、老友、老本，知足矣。真是羡慕。

牢骚

我相信八〇后的青年，大多数是好的。

但有一部分，我看不过眼。

他们娇生惯养，被溺爱得一无是处。有些甚至思想保守，迂腐得比父母还要厉害。

叫他们去旅行也不肯，一点冒险精神也没有，性知识也贫乏，只知道关起门来自我解决。

男的醉生梦死，女的也一样，嫁个有钱人是她们的理想。所以会在报纸上看到，内地富豪征婚，有一大群香港女子北上，争个你死我活。有些人当成趣事来看，我认为这件事的背后，代表着一种侮辱，一种悲哀。

追根究底，发现这都是惰性使然，而这惰性是来自父母有经济基础，存了一点钱。在八〇后青年的脑中，总有一句话："做那么多事干吗？爸妈死了之后，不留给我留给谁？"

这群人持着这种态度，可恶地傲慢，不知道什么叫作礼貌。没家教是其中的原因之一，但从前的父母也没时间教训子女。为什么我们这一代的人，还会称长辈为先生，叫比我们年轻的人什么兄什么兄呢？

也许，是我们都吃过苦。既然有钱，就送子女到外国留学吧，挨了之后，或者会成一个较为坚强的人。就算没条件，也得鼓励他们去做暑假工。

要是什么都不肯做，那么念了大学也没用，就让他们到社会上去挣扎吧，那么一来，思想才会早点成熟。

反观二十世纪六七十年代的美国家庭，也多数是富裕的，但他们的子女并不懒惰，也不肯承受家产，独自去海外流浪，虽然成为嬉皮士回来，但也知识广博，变成当今社会的中坚分子。

也许，这是自己老了，发发牢骚。年轻人不了解，说了也没用。记得父母亲也经常发牢骚，说我们那些四〇后，好吃懒做，没有什么希望，和我当今骂八〇后一样。等到八〇后成为父母，也会发发牢骚。

落后

又去了一趟京都。这个古城，就算没有枫叶，樱花又不开，也值得一游再游。这回不停大阪，由关西机场直奔京都，市内并无温泉旅馆，入住最好的酒店Okura（大仓），古老，但很有气派。

自从中了微博的"毒瘾"之后，第一件事就想上网，到了门口，经理来迎，即刻问："有没有Wi-Fi？"

"什么Wi-Fi？"原来此君听也没听过。

"那有没有计算机连接，这么出名的一间酒店，不会不设吧？"

"有，有。"对方拼命点头。

到了房内，拿出团友刘先生送给我的旅行装Wireless Router（无线路由器），插入计算机洞中，本来即可接收到的，但一再显示不行。最后放弃，睡前看亦舒小说吧。

再下去那几晚住深山中的温泉酒店，本来预计上不了网的，岂知第三晚下榻的那间勉强可以接上，但时上时断，也一肚子气。最后住的是大阪最高级的Ritz-Carlton（丽思卡尔顿酒店），洋人经理前来，又提出同一个问题。

"当然。"他点头。

重复了几个步骤，还是上不了网。大堂副经理给我问得烦了，接通Docomo（日本移动通信运营商）的服务站给我直接和专家对话。

把细节问了又问，我回答了又回答，终于专家把Wi-Fi服务由卫星射到我的房间来，事前问要一小时还是要一整天，付费不同。

当然要一整天的，还关照说千万别切断，翌日一早可以继续上网。但到时，又没Wi-Fi。遇见总经理，向他投诉，对方赔罪了又赔罪，说："我刚从中东的迪拜调来，那边任何地方都上得了，没有想到日本那么落后。"

是的，这个以科技先进出名的国家，当今就是赶不上邻国。几个大机构垄断了市场，自己研究出一套不用SIM卡的制度来，以为别人会跟着运用，其实人家早已有更先进的。日本，在这方面，很羞耻。

发财

又去花墟买花，每年到这个时候，一定挤满人。不是凑热闹，而是去感受过年的气氛。

很多牡丹，是从内地来的。中国牡丹和新西兰、澳洲、荷兰的牡丹不同种，最大的分别是看枝干，中国的弯弯曲曲，西洋的直不隆通。但是花还没开，买的人并不多。

香港人什么都要讲意头，万一买回去又不开花怎么办？商人看准了这一点，什么品种都安上一个吉利的名字，就能大销特销。像又瘦又小的不知名植物，看叶子外形，商人说像枫叶，其实大不相同，当为盆栽也没什么看头。为什么那么多人买？原来花商在旁边立了一个牌子，写着"发财树"三个字。原产于荷兰的一种兰花叶子般的植物，绿色的树叶像把剑，四处往外生，有了十几二十叶左右，中间长出红色的似叶似花的尖端，故命名为"红运当头"。众人抢，荷兰花商一定不明白这种平凡的植物为什么能输出那么多。今年的新品种，还有来自云南的"地涌金莲"。所谓"莲"，和莲一点也拉不上关系，倒是像香蕉干的东西，长不出叶子，但顶尖有黄色的花，花瓣中又藏有小白花，样子古怪得很，像根大生殖器，但名字一取为"富贵金莲"，就有人买。最最不能理解，也最最多人买的，是那种黄色怪物，它像果实，又不能吃，一头尖一头圆，好像有个叫"狐狸脸"的洋名，果实还长些小瘤。就是因为这些小瘤，商人灵机一动，叫它为"五代同堂"，即刻卖个满堂红。唉，真是的，那么丑的东西。我们吃发菜，皆因与"发财"同音，结果吃得破坏生态。冲绳岛有种叫"水云"的海草，人吃了长寿，但在香港没人要，意头不好。如果能改名为"水发菜"，就不必把真发菜吃得快绝种了。

经典

什么叫经典？简单来说，就是不会被淘汰的，叫经典。

网友问我看中文小说，由哪些书读起，我笑着回答：经典呀！什么书才称得上经典？《三国演义》《水浒传》《西游记》《红楼梦》《聊斋志异》等等，都是经典。如果想成为小说家，连这些书也没看过，别提梦想了。

那么，金庸小说算不算经典？当然，世界各地的华人都看得入迷，不是经典是什么？内地还没开放时，读者还看手抄本呢。也将一代又一代地相传下去，着实好看嘛。成为经典，唯一的条件就是好看、耐看，百读不厌，各个年代读之，皆有不同的收获。

音乐呢？贝多芬、莫扎特、柴可夫斯基等等，他们的交响乐，每一次听，都听得出另一种乐器的声音来。学音乐的人，不听这些大师的作品，如何超越？

书法呢？王羲之、颜真卿、米芾、黄庭坚、怀素等人的帖，是必读的。最佳典范，还是看书法百科全书，从篆隶、行书、草书的变化学习。

学篆刻，更少不了研究最基本的汉印，再往上追溯到甲骨文、金文，后来的赵之谦、齐白石、吴让之以及数不完的大师印章，都得一一读之。

绘画方面，得从素描开始，再看古人画，中西并重，方有所成。有了这些经典当基础，才能走进抽象这条路去。

这些你都没有兴趣，要从事时装设计？那也得由古人服装学起，汉服西装都得看熟，创意方起。看希腊石像脚上穿的是哪种鞋子，不然你设计了老半天，原来几千年前已经有人想到，羞不羞？

建筑亦同，所以我宁愿入住古老的酒店，好过新的连锁。每一家老酒店，都有风格，皆存有气派，为什么要在个个相同的房间下榻？

食物更是经典的菜式好，人家做了那么多年菜谱，坏的已淘汰，存下来的一定让你满足。不知经典为何物，已拼命去fusion（融合），吃的是一堆饲料而已。

骂我老派好了，我还是爱经典。

星星

日落之前，看妇人和儿童在河上沐浴。

大概是洗惯了，少女的纱笼围得紧，重要部分绝不暴露。洗着长发的情景特别好看，尤其是在黄昏。

儿童们嬉水，下船时，只向我们要糖果，一直叫："Candy，Candy！"

并不讨钱，有些在摸着头发，起初不知道他们要些什么，后来才弄懂在讨洗头水，可能是从前的游客给过船上用的Bvlgari（宝格丽），觉得不错。

船上的小册子也说过，虽然鼓励说英文是好事，但不想村童依赖施舍，叫我们不要给。

"但是河上那黄泥水，怎么靠它生活？"团友问。

我笑着说："不干不净，吃了没病。"

想起八九十年前，Kipling（吉卜林）、Maugham（毛姆）和Orwell（奥威尔）等作家来过时，整条河是清澈的，不禁摇头。

来到这里之前，我以为它是湄公河的支流，原来这河叫Irrawaddy（伊洛瓦底），贯穿缅甸南北。

整艘船本来可乘一百零八位，经装修后只接八十二名，却有八十个工作人员，差不多是一个服侍一人。大家的态度是不卑不亢的，我最喜欢。

船上有电话，可通过卫星连接各国。很贵，四块半美金一分钟，在手提电话不能漫游时，还得照付。

另一个通信方法是买一张当地的电话卡，不过在船上接不大通，信号时断时续，团友们纷纷买了几张卡，也派不上用场。这也好，像走入寺庙修禅，大家清净一下吧。

太阳把河染得金黄，只能在这四望无际的原野中见到。入夜，星星也特别多，对我们这群城市人，是难得的奇景。连看到星星也觉得奢侈，真是可怜。

巧遇

赶了一晚稿，还是不想睡，黎明时，跑到九龙城街市三楼的熟食档吃早餐。

巧遇曾江、焦姣，他们也搬来这一区住。

"我简直爱上九龙城。"曾江说。

"我也是。"我赞同。

邻桌之人看到他们夫妇，点头打招呼，但也不前来干扰，很有礼貌。最近他们在电视剧《流星花园》中的角色出众，更多人认出。

"来这里买菜，是我们两人最大的乐趣。"焦姣说。

"真是想什么有什么，而且价钱都是那么合理。"曾江说。

"还有大家都变成了好朋友，是不是？"我接着问。他们都点头。

"今晚想吃些什么，决定了没有？"曾江问他太太。

焦姣摇头说："不如问蔡澜有什么好吃。"

"要不要吃鱼？"我说。

"好呀。"他们两人都喜欢，说现在肉吃少了，鱼吃多了，但买来买去还是那几样。

"用一个锅，放点水，水滚了，放几片姜，一些酒，再下酱油，要用日本的，日本酱油煮熟了不会变酸。再到楼下雷太那里买些小鱼，她那一档杂鱼最多，都是游水的，请她将鱼刮掉鳞，放在锅中煮，等看到鱼眼睛突出来，就是刚好熟了。"我说。

三人吃完早餐跑去买鱼，曾江腰骨硬了，走起路来不方便，昨天已经给雷太看到，今天她送上一瓶药油，说搽了就好。

焦姣争着要付钱，雷太不收。

"药不能送的。"焦姣只有用这一招。

我向雷太说："她们台湾人有这种迷信，你就收了吧。"

雷太大方收下。我们高高兴兴地从市场走路回家。

才华

打电话向倪匡兄问好。他大笑四声之后，谢谢我送他的整套《今夜不设防》的VCD。

"想不到现在看，还没过时。"他说。

"当年大家都年轻。"我说。

"才十三四年前的事，变化真大。"他说，"十岁看的小孩子，现在都是大人了。"

"还有什么你想看的吗？"我问，"替你寄去，一点也没问题。"

"你帮我找些苏州弹词吧！"

"好。"我轻轻答应。自己不是江浙人，对这个项目不熟悉，各位知道有什么地方可以找到，不妨告诉我。

转个话题，我问："陈东去世的消息，你听到了吗？"

"怎么死的？"

"据说是肝有毛病。"我说，"看到他脸色不好，也曾经劝过他。"

"都是喝酒喝出来的。"倪匡兄说，"古龙、哈公都死前脸色发黑。他多少岁了？"

"四十多。"

"古龙死的时候，也差不多这个岁数。他们有他们的生活方式，要喝到死，是他们自己决定的。我们劝他们，都是多余。"他说。

是的，倪匡兄说得对，陈东不但烧得一手好菜，还会看风水，也懂得行医，怎么死的确是他自己决定的事。

"每天还看报纸上的专栏吗？"我问。

"看。"他说，"但是有些看了，不知道作者要讲些什么。明明白白的七八百字，每一个字都看得懂，但是讲什么看不懂，这也需要很大的才华呀！"

"你讲过有个旅游作家，写了一辈子文章，看了没有一个地方想去。又有一个饮食作家，写了一辈子文章，看了没有一样好吃。"

倪匡兄又笑着说："这需要更大的才华！"

美名

人类的动作，愈来愈粗鲁，但是在语言上，却被强迫用斯文字眼。

罪魁祸首当然是美国人。他们禁止一切歧视性的名字，最明显的例子是将所有结尾的man改为person，因为女人也有份做呀。

chairman变chairperson，中文里就没那么麻烦，主席就主席，管你是个男的或是个女的。

东方也受了影响。我们已经不说"盲公"或"瞎子"，而是叫他们为"失明人士"。职业上，用人变成helper（帮助你的人），所以从前的servant（用人）、amah（女佣）都变成家政助理，这我倒不反对。

但美国人变本加厉，把客气话拉至缠脚布，名词愈来愈长，"瞎子"成为"视觉挑战者""不能透视影像者""瞳孔加深人"等等，放屁。

"残废"是最可耻的称呼，我们把它变成"伤残人士"，日本人叫"身体障碍"。"手断""脚跛"都被禁用了。

连"丑人"也不能直接叫，变成"美感的挑战者"。肥人挑战些什么？挑战地心吸力呀！英文叫成gravitationally challenged。洪金宝在美国有福了，他还有big boned（大骨头）、alternative body image（另类身体形象）、larger than average citizen（比一般人更大的市民）、person of substance（有质量的人）等等美名。

曾志伟在美国则会被叫为differently statured（高度不同者）。

对女人，更要注意，一叫错了，就给妇权分子攻击。老婆叫为"家政艺术家""不付酬金的劳者"。娼妓叫为"性工作者"（sex worker）。这都是官方名称。非正式，带点开玩笑的有：

"长舌妇"是"语言重复者","隆胸"叫"医学上的增长","庙街女人"变成"低成本供应商"。

连对畜生的称呼也改了,宠物是"同伴物",人类当然不能直接叫。"黑人"变为"有色人种"。

奇怪的是,官方的歧视性称呼没有帮助到同性恋者,queer还是叫queer。

赞美

旅行团中的一位太太,天天看我在《名采》上的专栏,每篇东西都背得出,真是位忠心读者。

"我们做女人的没那么坏吧?"她向我说,"为什么你没有一篇文章称赞我们?为什么都在骂我们八婆?"

"我没有说过女人都是坏的呀!"我辩护说,"我说女人坏话,也加了一句有些女人是例外的呀!"

"例外不等于赞美。"她说。

所以,我今晚在温泉旅馆中写稿,赶个通宵,一定要说出我对女人的欣赏。

第一,我妈妈是女人,而且是一位勤劳节俭、刻苦的女性。她把我们四个儿女培养出来,非常非常伟大。

　　第二，在我成长过程之中，我遇到许多许多女人，她们爱护我、教育我，没有她们，我想，这一生，活着也没有什么意思。我很感谢她们。

　　第三……第三……

　　有两件已足够了吧?

　　我受不了的是她们统治男人的本能，一天过一天，一月复一月，她们非得把你管得服服帖帖不可。

　　"这件衣服穿了不好看!"

　　"天凉了，多穿一件!"

　　"天热了，少穿一件!"

　　为什么? 大多数男人都会这么问。

　　"冷气太冻，带件外套吧!"女人说。

　　男人发起气来："身体是我的，多穿一件少穿一件，要穿什么，是我的决定。"

　　"哎呀!"女人说，"一切为你好呀!"男人没有话说了。

　　对了，女人还有第三个长处，女人虽然没读过医科大学，但都学会了当医生。到时候，她们一定会说："吃药!"

绝招

愈来愈想避开人群，躲入深山。

人与人之间的沟通一多，出现很多喜欢用手来拍对方的家伙，讨厌至极。

和你谈天，每说一句，必用手来拍你一下，以肘挨你的腰，如果你站着的话。

我不知说过多少次，我最忌恶这种行为。父母所生之躯，为什么要让你来碰？

我也不喜欢握手，朋友不要紧，刚刚被人介绍也能接受。不相识的伸出手来一定要我握一握，手汗滑溙溙（**粤语方言，意为滑溜溜**）、黏糊糊，不知道有多少细菌寄生，一握完，非跑到洗手间冲个痛快不可。

一次，和邓丽君在天香楼吃饭，我看到她戴了一双黑色手套，把杯碟用面纸擦完又擦，烫完又烫，是染上洁癖之故。

我并不介意食肆餐具干不干净，觉得拼命擦是对餐厅不礼貌。反正大菌吃小菌，也从来没吃出毛病。

但是对被人拍摸、与人握手的厌恶加深，已达到邓丽君戴黑手套的程度。

当然，我尊敬的长者、宠爱的小朋友和漂亮的女人是例外，他们怎么拍我摸我，都无任欢迎。

如果你看到我和一个不熟悉的人吃"政治饭"，一定会笑死。对方来拍我，我就把椅子挪开，他再靠近，我更回避，愈坐愈远。

尤其在内地，有许多高官爱拍人，通常吃饭之前他们来敬酒，我说我一喝就会发酒疯，语无伦次，一定得罪人。

这些人说不要紧不要紧，干了吧！好，就干。干完他们一拍我，我即刻破口大骂："我最不喜欢人家碰我！"

另一招也很管用，比较斯文。对方一碰我，我就用娘娘腔在他耳边说："我是一个同性恋者，接触到我，就会染艾滋！"

对方听了，即刻弹开。无不见效！

原谅

我们年轻的时候，疾恶如仇。

这当然是青年人最大的好处，他们天真，不受世俗污染，喜欢就喜欢，讨厌就讨厌，没有中间路线。年纪渐大，好与坏模糊了许多，这也不是短处，只是人生另一个阶段。

到了社会上，同事间有一些看不顺眼的，即刻非置对方于死地不可。有的讲你几句，马上想诛他家九族。年轻人有的是花不尽的爱与恨，很可惜的是，恨比爱多。

年纪大的人，一切已经历过，抓紧了年轻人的弱点，加以利用，先甜言蜜语把他们骗个高高兴兴，再加几句赞美使他们飘飘然，把他们肚中的东西完全挖出来，用它们当利刃，一刀刀往背后插进去。年轻人毫无挡驾余地，死了还不知是谁害的。

别骂人老奸巨猾，因为你也有老的一天。奸与不奸，那是角度的问题。自己老了，就认为自己不奸了。就算不奸，在年轻人眼中，你还是奸的。

洋人常说做人要像红酒，愈老愈醇。道理简单，做起来不易。

年轻人逐渐变成中年人，又踏入老年，疾恶如仇的特性慢慢冲淡，但也变不成好酒。有些人总是以为世上的人都欠他们的，所以变成了醋。

老的好处是学习到了什么叫宽容，自己错过，就能原谅别人。但有些人偏偏认为自己永远是对的，不断地对别人加以评判，要对方永不超生。他们不知道，恨别人也是痛苦事。

交友之道，在于原谅对方。记那么多仇干什么？想到他们的好处，好过记他们的缺点，这是"阿妈是女人"的道理，大家都知道，就是做不出。能原谅人，是天生的，由遗传基因决定，无法改变。我能原谅人，是父母赐给我的福分，很感谢他们。

没有闷场

看到桌上那碟煎咸鱼，倪匡兄说："朋友送了一条很大的马友，我拿了两个玻璃罐，填满油，一头一尾，浸了两罐。"

咸，在广东话中有好色的意思，叫"咸湿"。

倪匡兄又说："我再把一套线装版的《金瓶梅》放在两罐咸鱼中间，叫'双咸图'！哈哈哈哈。"

"那么你去站在旁边，拍一张照片，就可以成为'三咸图'了。"倪太的冷笑话很冷，她面无表情，时不时来一句讽刺自己的丈夫。大家听了，都笑到从椅子上掉地。

话题转到选美，说整容的算不算？从前选什么什么小姐，都不准佳丽们动过手术吧？想不到坐在一旁的谢医生的笑话也冷："那叫不叫有机？"

大家七嘴八舌："当今的，有哪一个没整过容呢？"

"内地还有一个人造美人竞选，小姐们有的说开过二十几次刀，有的说三十几次。"倪匡兄常在网上看小道新闻，知道最多。

大家都说："上台领奖时，整容医生也应该上台，到底是他的杰作。"

倪太胃口很好，倪匡兄反而没吃多少东西，他说："每一天才吃一碗饭，也这么肥，真冤枉。人一肥，百病丛生，最近我走路，愈走愈快。"

"那不是健康的象征嘛。"大家安慰。

倪匡兄说："不是我要走那么快，是我停不下来，过马路时最糟糕，最后只有靠手杖刹车了。"

今晚他的心情特别愉快，因为不必拔智慧齿，那是他向牙医求的情，他说罪人也有缓刑呀，医生拗不过他，就放他一马。

"回到香港真好，话讲得通。"倪匡兄说，"住旧金山时看医生，我要求一个中国人给我看。去了一看，原来是从台山来的，说了一口台山话，我向他说，你讲英文吧，我至少还可以听得懂一两句。"

真是个活宝，吃饭时有他在，从没闷场。

日子容易过

每次去欧洲总是匆匆忙忙，时间不足，到处跑个不停，我认为老远走一趟，非弄个够本不可。

有时也不是自己愿意的，亲朋戚友一起去，大家想逛些什么，就跟大队。名店街当然逛，还有那些所谓的米其林三星餐厅，东西虽然不错，但环境不让你吃个舒畅。

这回是一个人静悄悄前往，一向住惯的酒店爆满，也无所谓，在附近找到一家小的，很干净，五脏俱全，除了没有煲热水的壶，沏红茶不太方便而已。

探望友人，在家陪他聊天，不太出门，反正所有值得去的博物馆、美术院都去过了，清清静静谈了一个下午，也比到处走好。

过当地人的日常生活，从树下捡到一堆堆的核桃，当今刚成熟，剥开一看，那层衣还是白色的，一咬进口，那牛奶般的液体又香又甜。这种天下美味，相信很少人会慢慢欣赏。吃了之后，看到那些普通的核桃，再也不会伸手去剥了。

桃子刚过，李子出现。欧洲有种李子，又绿又难看，若非友人介绍，真的不会去碰。原来这种李子是愈绿愈甜的，起初还怀疑，吃了才怪自己多心。

当今也是各种野草莓当造（粤语方言，意为当季）的季节，用纸折成一只小船当容器，一只只装满小果实，红的、绿的、紫的，以为很酸，哪知很甜。

各种芝士吃个不停，面包的变化也多。

什么？你只吃面包和芝士过日子？友人不相信。

你怎么想是你的事，这几天的确是这么过了，但是有点偷鸡（粤语方言，偷懒、取巧的意思），要灌红酒才行。酒又是那种比水还便宜的，喝起来不逊名牌。

欧洲照样有负资产，也有大把人失业，但他们的穷日子，好像比东方人容易过一点。

真正的健康

友人的妻子，是报纸上《健康与医疗》版的忠实读者。

"别再吃牛肉了，白肉总比红肉好，报纸上那么说，还是吃鸡！"老婆见到他一睡醒，就那么当头一棒。

"吃鸡就吃鸡吧。"他说。

"不过鱼是最健康的。"第二天，太太再来一记。

"吃鱼就吃鱼吧。"他说。

"还是蔬菜好，蔬菜是食物之中最健康的。"第三天，他老婆又宣布。

"吃菜就吃菜吧。"他老早投降，他已经完全知道如果不照做，会换来每天喋喋不休的劝告，又说"一切都为了你好"的道理。

"报纸上说，鱼油中有Omega-3（**不饱和脂肪酸**），对身体有益，多吃几颗。"说完，把一大樽药丸交在他手上。那种胶囊，有笔壳那么粗，他怀疑是不是喂畜生吃的。

"报纸上说，大蒜能够杀菌。来，早、午、晚各一粒。"另一瓶大胶囊又交到他手中。

"报纸上说，服红酒丸比喝红酒更有效，你就别再喝酒了。"红得像血的药丸多了几瓶。

"哪里来的那么多药，去什么地方买的？"他忍不住问。

"哦，"太太不必隐瞒，"认识了一个做传销的朋友。"

"我快疯了。"这句话当然不是在他老婆面前说，只是偷偷地告诉我。

"太太的话一定要听呀！"我说。

他更愁眉苦脸，点点头。

"但是我没教你照做。"我说。

他开始有了笑容。从此，老婆一转身，他就把所有的药丸丢掉。老婆一出去打麻将，他就到"方荣记"去叫三碟肥牛打边炉。他是我的友人之中最健康的一个。

做喜欢做的

最近四处乱跑，回香港几天，静了下来，才想起好久没和倪匡兄通电话。

哈哈哈哈，大笑四声之后，打开话匣。

"还是那么胖吗？"我问。

"体重很顽固，坚持继续上升。"倪匡兄说，"我现在已经不穿有腰围尺寸的裤子了，全部买最大的，用一根皮带绑着就是。"

"是呀，还是中国人古时候的裤子设计得合理。"我说。

"我的裤子是长方形的。"倪匡兄说。

"长方形？"我说，"裤子不都是长方形的吗？"

"是打横的长方形。"他说，"裤长只有三十多英寸，腰围有四十多，哈哈哈哈。"

"每天吃些什么？"

"还不是吃肉。"他说，"凡是有脂肪的东西都是最香的，红烧猪腩，不知道有多好吃！我用羊油来做菜，更过瘾。"

"没吃出毛病吧？"

"所有糖尿病的症状，我都有。"他说，"像我喝水喝得多，一直口渴，等等，不过医生检查后，说我没糖尿病。"

"其他呢？"

"其他什么都有。像血压高、胆固醇高，那是一定的。"

"不必戒口吗？"我问。

"有个香港来的医生，你一定啱听（粤语方言，意为听得顺耳），他说戒什么鬼口，哪有那么多时间来戒口，有毛病吃几粒药就是，哈哈哈哈。"

"我啱听。"我说。

"短短几十年，要做你喜欢做的呀！"

"你一生都在做自己喜欢做的。"我说。

"也不一定做得到。"倪匡兄语气深长地说，"做人，做不喜欢做的，很容易。要做自己喜欢的，真难！"

不那么简单

假东洋店铺越开越多，嘴边还未生毛的小子学大师傅拿刀切鱼，看了心惊肉跳，打死我也不敢去尝试。

东西生吃，是一种艺术。

一个普通厨子做到站在柜台后，至少要花十年工夫。起先几年只能打扫店铺，关门后洗刷，开店前再渥净。保持清洁是吃寿司的最大原则。

接着送外卖，这段时期考验一个人对待客户是否有足够的耐心和礼貌。一有差错，即刻被淘汰。

五年下来，刨器碰也碰不到。优秀的学徒这时候学习陪伴买手到鱼市场办货。当然老前辈只是指指点点，学徒要扛着几十公斤海鲜，吭也不能吭一声。

再来才学到炊饭，醋的分量要加多少；鱼和贝类的生物构造，如何去劐开（粤语方言，剖开、切开）。头尾部分必须浪费地扔掉。吝啬成性的厨子，切出来的肉块一定不好看，是二流的厨子。口才训练更是重要，客人有什么话题，即刻要能像艺伎一样搭得上，不然，是三流厨子。

老师傅把蒸蛋功夫教给你的时候，你已经有希望成为一流人物。这是最后的考验。第一层鸡蛋越薄越好，第二层是烧鳗鱼，然后再一层鸡蛋，最少要十几层方完成。味道要不咸也不甜，就这么吃也可以，蘸酱油吃也可行；入口还要在牙齿间跳动。做到这一点，才能称得上厨子。

一般寿司店已经这么严格，若是劏有毒的鸡泡鱼，那非花上多一倍的训练不可。

金枪鱼是深海鱼类，生吃没问题，但是要将它结成冰。讲究的是在吃之前某某时辰解冻，老细菌冻死，新的细菌还未生长。

去过一间不送外卖的江户寿司老铺，朋友叫了很多刺身，我们顾着聊天喝酒，东西吃不完，价钱那么昂贵，我说不要暴殄天物，请店铺的伙计替我打包，但遭到拒绝。

我抗议，老板前来道歉，他说他有苦衷，因为要是客人拿回家后不即刻吃，等到不新鲜时出了毛病，那可是要损害店子的名誉。

外面下雪

外面下雪。

从落地玻璃窗望出，庭院中的松树像一把把的大雨伞，但只见伞骨，原来立了一根高柱，从上面挂下一条条绳子，绑着树枝，预防积雪把它们压断。

又看到一朵朵的红花，那是一种叫寒山茶的植物，专在雪中怒放。

屋檐下悬着冰柱，那么尖锐，是否可以用它来杀人，警方永远找不到凶器。

忽然，感到一阵寒意，披衣浸温泉去。

回房间后，对着空白的稿纸，一个字也写不出，又呆呆地望着窗外。

有一片脚印，是野兔留下的，或者是小狐狸？在那么恶劣的环境之下还能生存，为什么人类的意志比它们薄弱？

寒山茶的花瓣被风吹散，落在雪地上有如鲜血斑斑，未开的花苞又长了出来。

想起父亲，生我时比我现在年轻。一代又一代，花开花落，回忆兄长的笑容，为什么当年我只会愤怒？

坐在榻榻米上，小桌子上铺一张被，盖住伸进去的脚。桌下有个火炉，温暖下半身，令人昏昏欲睡。

梦见丁雄泉先生，病已痊愈，拉我去天香楼，叫了一桌子的菜，还有醉人的花雕。

背脊还是有点冷，起身，再次浸温泉。回房，又见那空白的稿纸。

有什么好过由香港带来的普洱？沏了一杯浓如墨汁的，肚子里没有嘛。

天渐黑，吃过饭后，床已铺好，就那么睡吧，黎明起身再写稿，去年农历新年也一样过，像是昨天的事。今晚睡醒，又是明年除夕。

开不了口

从前不明白为什么作家要在半夜三更写稿，自己当了写作人以后，也有这种习惯，皆因不想思维被打断。

当今社会已不能那么奢侈，即使夜深人静，也逃不了车子经过的声音，对我来说，已能接受。有人在旁边打麻将，我照样爬格子，没有问题。

干扰来自味道。

我最不喜欢的是万金油和白花油以及各种薄荷膏的气息，就算它们真正有效，我宁愿痛苦，也不肯搽之。

这股味道让人联想到疾病。噩梦之中，一大平原，躺的都是呻吟的人。

这股味道让人联想到老去。抹膏的尽是些乡下来的老者，年轻人不会用它，他们只爱香水、古龙水。

这股味道让人联想到死亡。死不是可怕的事，但臭死却很讨厌。薄荷产品常关联消毒，而消毒剂的气味出现在医院和殡仪馆。

拥挤的巴士上，此气味强烈地从身边的人身上传来。憎恶吗？没有用的。积极一点，不休不眠争取到乘的士的资格，才是出路。

但的士大佬胳肋底（粤语方言，腋下、胳肢窝）那阵臭味，也不是好受的，只有再奋斗，弄一辆私家车。

就是不明白为什么几万、数十万、上百万的车子上，还放了一瓶比薄荷更难闻的香精。乘这种车子，富翁也是垂死的病人，他们不介意，显出暴发户的出身。

已经尽量避免这一切，我写稿也只能写到清晨六点多七点。

这时，家政助理起来了，一身白花油味道，我就得躲到房间去了。

怎么说她？辛辛苦苦离乡背井为我服务了一整天，连搽点药膏舒活筋骨的自由也没有？我开不了口。

满天星斗

不知道从什么时候开始，我变成所谓的"公众人物"，躯壳已不属于自己。

做公众人物便要有义务，其中一项是对方会要求你和他们一起拍张照片。

当然很乐意地奉陪。

当今大众用的绝大多数是傻瓜相机，本来随手一按，即成。但是很多情形，拍的人举棋不定，横拍直拍，距离远近，都犹豫了老半天。赶时间，催促起来又像在耍大牌，只有耐心地笑，笑到脸上肌肉僵硬为止。

如果是一对情侣或夫妇来合照，多数请侍者或路人来按快门。这些人扮专家，所选角度非常刁钻，时间花得更多。

前来合照者，必把我挟起来，他们小时听阿妈或邻居八婆说，三人拍照，中间那个早死，千万不能站在中间。

我一把年纪，当然不要紧，又不迷信，毫不在乎，理所当然的事。

姿势摆好之后，好歹拍了，大多数人会说："再拍一张，保险。"

或者说："再来一张半身的。"

结果全身、半身、特写。不管怎么拍，我还是笑嘻嘻的。记得成龙教训的一句话："要就不做，做了，便做好它。他们是我们的米饭班主，能多一个是一个。"

有时遇到些美女，工作变成了乐趣，但拍照片和人生一样，不如意事十之八九。

只有低微的要求。有些一看到别人拍自己也一定要来一张的人，根本就不珍惜这个机会，还时常用手臂来搭膊头（粤语方言，肩膀），做老友状。夏天穿麻质西装，干洗起来费用不菲，请千万别来这个动作。

到珠江三角洲，晚上看不到月亮，一群人的傻瓜相机都自动闪光，拍完一阵子，满天星斗，美丽得很。

人类洁癖

越来越觉得自己患了洁癖。

不干净的东西我不怕，但是一直想躲开不喜欢的人。这种洁癖，也许是对人类的洁癖吧。

首先，我很讨厌人家一面讲话，一面拍我。美女我不反对，对方是个男的，我一定逃之夭夭，那种被拍手拍脚的感觉，是极不舒服的。

　　我也怕那些把一件事讲两次的人，笑话也要重复讲，有的还要将同个故事说三次，好像非这般，对方听不懂似的。

　　声线有如鸟类尖锐，或像抽了大烟那么沙哑，也极难听。有时他们不讲话，也惹人反感，像不停地吸鼻涕。真想递包纸巾给对方，让他一次性喷出，好过唑唑嗦嗦，稀里哗啦。

　　不断地咳嗽，我倒不在乎，感冒嘛，自己也常患这种毛病。

　　生鼻窦炎的，哼哼哈哈，我也能原谅，这是他们控制不了的，听起来不那么刺耳。

　　惹人反感的是坏习惯：当众弹指甲、挖鼻、抖腿的行为。本来可以更正的，为什么不去努力，一定要让对方忍耐这种丑态？

　　一直觉得人与人之间，应该有一份互相的尊敬。不管是对长辈、同年或年轻人与小孩，比我有钱或贫穷、知识高与低，都有这份尊敬存在。也许，这就是基本的礼貌吧。

　　不懂得礼貌的人，和一张肮脏的草纸一样，一接触，便得到传染病，得拼命去洗手。

　　遇到这种无亲无故的家伙，前来称兄道弟，或连名带姓地呼喝，我就得避开。

　　有时跑不了，唯有面对，用不视来消毒。

　　方法是不管他们问你什么，说什么，都微笑不答，直望对方，望穿他们的脸，望穿他们的后脑，望到他们背后的墙壁。

　　别轻视这一招，用起来，甚致命。对方给你看得心中发毛，夹着尾巴垂下头去。洗涤污染，目的达到，一切恢复干干净净。

无泪的日子

年轻的时候，得不到爱，便是恨，黑白分明：

你不跟我睡觉吗？那你是爱我不够深。好，永远不见你。男的说。

你连爱我都不会说一声，你追求的只是我的身体。好，我绝不给你。女的说。

为什么不能等呢？再多等一阵子，人就是你的，但大家都心急。其实不是心急，是不懂得珍惜感情。

这是教不会的，无经验的洗礼，再怎么聪明的人，都不懂得爱，只会破坏。

到了了解什么是爱的时候，我们对人生开始起了怀疑，而且逐渐不满。一不小心，便学会讽刺它，沉迷在绝望中，放弃宗教和哲学的教导，变得尖酸刻薄，即使爱再到面前，也让爱溜走。

令我们开心的事越来越少，让我们垂涎的食物已稀奇。

不过，我们也没那么动怒了。

已知道骂人结果自己辛苦，动气伤神伤身。看不顺眼的，还是不发表意见，反正凭一个人的能力不可以扭转乾坤，想一笑置之，但又恨不消，唠叨又唠叨。在年轻人的眼中，我们是长气（粤语方言，意为啰唆）的。

但愿自己能像红酒，越老越醇。一股浓香，诱得年轻人团团乱转。一切看开、放下，人生豁达开朗，那有多好！

想归想，到头来还是做不到，只能羡慕，只能羡慕。

在这个阶段，家人、朋友开始一个个逝去，我们一次又一次地哭啼。

泪干了，所以我们不哭。

年轻时，欢笑止于欢笑，对笑的认识太浅。到现在才知道，真正悲哀时，眼泪是流不出来的。眼泪，只有在笑的时候，才会淌下。

幻想学堂

一些时候，异想天开，不失为好事。从前父老常劝人别发白日梦，我喜欢的尽是这些事，早上也发，晚上也发。成熟了，就做去，好过不做。

现在在摸索的主意，是开家厨艺学校。

香港是美食天堂，足够条件经营一间。

中菜我们最拿手了，各个名厨当教授，请内地的大师傅前来客座讲学，有计划地设计课程，读将起来，比什么计算机学校有趣得多。

西餐更不成问题，在香港吃到的，的确已有国际水平，再加上交通方便，由各国云集而来的西厨之中，选些顶级人物教导，轻而易举。

日本大师傅在香港谋生的不少，哪一家最好，有目共睹。如果他们肯受聘于大机构当主厨，教授的薪金都不会少过现有的收入。而且日本人好面子，即使同样酬劳，他们也会选择教学。

学生们要受整整两年的严格训练，但可以省掉日本人教的洗碗和清洁洗手间的过程。从认识食物材料到刀章到烹调，按部就班地，中、西、日三科，每天八小时的学习，二十四个月之后，保管成为一级大师。

学校是新开的，有了手艺，但不受世界各国的承认，也枉然。

可以从联校做起，请法国、日本、瑞士的名校参加，成为它们的支校。这些学府，学一课程，毕业之后，已是抢手的大厨，何况我们的学校是集大成的！

各国餐厅，只会越开越多，最大烦恼是找不到厨子。现在医生、律师、计算机操作员已经过剩，天下父母，要是思想开通，让儿女来这家学校学习，至少是一技傍身，永远不必担心他们有一天会饿死。

厨艺学校更可设立短期课程。集中世界各大城市的著名餐馆餐牌和酒牌，学生修过之后，到任何一地，都能应付自如。别以为有钱人就懂得叫菜，大乡里（**粤语方言，乡巴佬**）居多。这种课程，最适合暴发户了。所以，虽是短期，收费特贵，用来补助一些有才华的贫苦学生当奖学金。

另设家庭主妇班，可让妇女们不定期前来旁听，至少学会煲汤。

供游客的一个星期速成班亦兼备，在短短七天之内，教会几种自己喜爱的馔菜（**粤语方言，菜肴**），中、西、日自选。

校园中每天早、午、晚都有大型的聚餐会，欢迎外界客人，等于去了一间出名的餐厅，由教授们各自提供拿手的菜，让学生当助手实地学习。每天限额收多少名客人，要预先订位才能享受到教授们的手艺。

吃完了晚饭，还有大型舞会，附属课程是社交活动，教导大家怎么去应付高官贵人，应该有什么礼貌，怎么先开口更好，穿哪一种适当的衣服，为大家出席大场面做一铺路。

更设有餐酒进口牌照，以公道的价钱贩卖顶级的红酒白酒。由法国开始，选六个著名的产酒国家，每天尝试不同的葡萄园佳酿，一周循环下来再一周，让学生们熟悉所有的产品，成为专家。

试尽天下美味，方知什么叫最好，因为有了比较。

我只是写，每天写，不知道会不会。

盖人一生皆爱观察猫也。

你一生都在做自己喜欢做的。

眼泪，只有在笑的时候，才会淌下。

年轻的时候，得不到爱，便是恨，黑白分明。

其他的东西都不重要，眼前的快乐最要紧。

弘一法师说："自性真清净，诸法无去来。"

一切烦恼，总会过的。

有一种办法，叫作自得其乐。

人生下来，自己是不能决定的。

读书还是最好的。

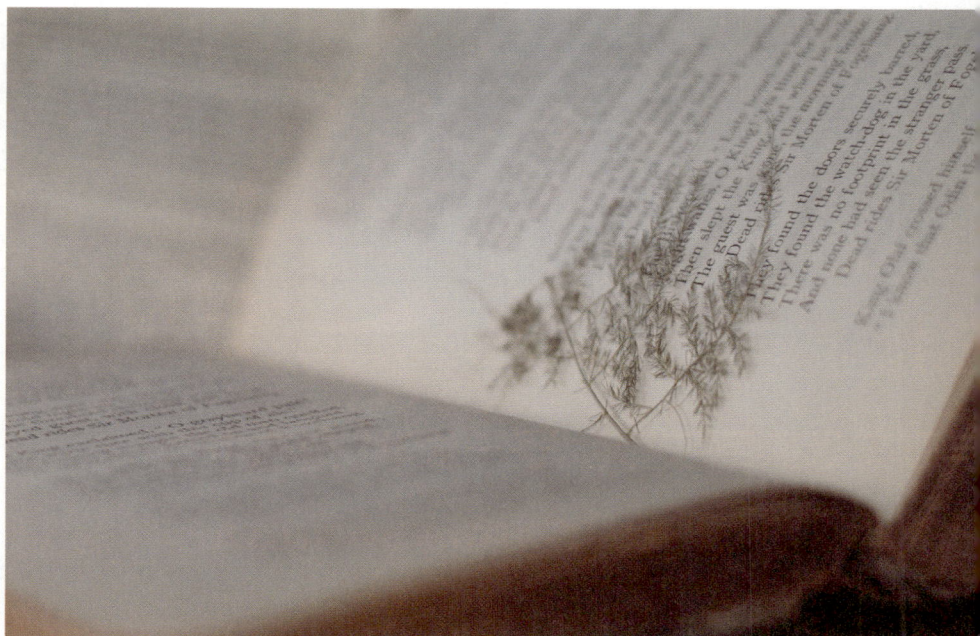

书读得愈多，人生的层次愈高。

学做妙人
Be an Intelligent Person

所以做人及时行乐最重要。

我懂自处，也会自得其乐。

说走就走，你没胆，我借给你。

到了星期日，这个礼拜是日本清酒，下个周日是希腊的乌苏、墨西哥的特基拉、俄罗斯的伏特加、中国的茅台等等。原则上，对最贵的名牌到价钱适中但品位十足的超值货，都能有一个清楚的印象。

食疗课程也是必备的，请来的教授并非什么营养学医生，而是顺德的妈姐（**女佣**），白衣、黑裤、梳长辫的女子，教学生如何看主人的面色——并非低声下气，而是嘴唇干了，应煲什么汤来滋养。

老人家的食谱应该怎么编排，亦是一大学问。另类课程供给有孝心的儿女子孙，学过之后，保管家中的爷爷奶奶每天不吃同样的东西。

校园中更开设一个高级的菜市场，集中世界各国最新鲜的材料，法国鹅肝、伊朗鱼子、日本金枪鱼、意大利白菌，再由中国内地空运种种山珍海味，成为天下老饕必游之地，对香港的旅游业不无帮助。

学校每一个星期主办一次厨艺大赛，东方对西方，打个落花流水，热闹非凡。和电视台订好张合同，拍摄成一个小时的节目，卖到世界各地去。

推广出去，"九七"之后由内地来报名的学生已经满额，收五千名学生不是问题。平均每个学生收港币两千元一个月，乘起来就是一千万的入账，一年一亿两千万，经费足够打动世界十大名厨前来当校长。

最过瘾的是这间学校不问学历，什么小学生、中学生，甚至不识字的都能参加。当教授的妈姐本身已是文盲，学生们为什么要有文凭？

越想越好玩，这未必只是一场梦，自己不能实现，由别人去创立好了，反正我的想象力是取之不尽的。有这种学校，我宁愿去当学生。

这种事，本来最好是由政府去主办，要是他们肯做，绝对找得到地方。建宿舍、盖酒店都行。最可惜的是，各地的政府都没有勇气。

你在哪里？

"你在哪里？"根据一项调查，夫妇对白之中，老婆问丈夫最多的是这句话。

恋爱之中，男人的回答是："我希望在你身边。"但是专家指出，一对夫妇的热恋，有个三四年，已很幸福。家用的压迫、抚养子女的负担之下，爱情渐淡，"你在哪里"变成了管束，令男人喘不过气来。

没趣的男人，很快衰老；一个长不大的孩子，才是好男人。

女人永远不明白这一点。

大人也需要玩具：从汽车、音响的奢侈，到养鱼、种花的纯朴，都令他们着迷。

女人即刻说："算了，节省一点，供多一层楼再去玩那些无聊的东西！"

烛光晚餐，老婆最先反对叫那瓶较好的红酒，尽点些锯不开的牛排、猪排。

行过山顶那家极有品位的咖啡室时，老婆带着男人走进百佳、惠康，大喊："厕纸又涨价了！"

女人的毛病，是从一个可爱的少女，一秒一分、一刻一时、一天一年地变成一个杀梦的人。

不过，她们有一千零一个理由为她们的行为做出辩护："你以为养这个家是那么容易的吗？"她们忽视男人的血汗，一切都是由她们"养"出来。

好，你养我也养，你养家吧，我养其他女人，男人嘻嘻地笑了。

在儿童心理学中，小孩子最讨厌的事就是被人家管、管、管、管。我们都是在被管之中长大的，每一个大人的身体中一定有一个小孩，喊着"我要出来，我要出来"！这个小孩一被扼杀，人生的原动力即刻停止。

和蝎子要蜇死对方的天性一样，女人必须统治，这才对她们的人生产生意义。

君不见任何家庭，权力最大的是祖母，不然就是母亲，哪里轮到男人说话？

女人克服对方不在一朝一夕，她们是每时每刻地、逐渐地侵蚀过来，要向她们学习长期"抗战"的功夫。

男人在精疲力竭之下，已经觉得反抗是多余的，他们很快学会投降，是最不花气力的。

本来跪了下来，可以相安无事，但是女人的天性是赶尽杀绝："穿这件吧，这件好看。""头发那么长，剪了吧。""快把那双破鞋丢掉。什么？新鞋不舒服，穿多几次就舒服了。买对新的！"

到男人一点呼吸的空间都没有的时候，女人又要哭："这是关心你呀！一切都是为你好，你反而要说我管你，真是好心没好报！"

有时一天来几次电话，到你的办公室，到你的健身院，到你吃饭的餐厅。现在有了手提电话，更是要命，她们说："你在哪里？"

早已告诉她们"我在办公室，我在健身院，我在餐厅"，但是女人还是要问："你在哪里？"

"哎呀！问你在哪里，有罪吗？"女人又哭了。

你在哪里？就是要管你在哪里，就是要查问你的行踪，就是要管你的行为，但是女人永不承认，她们又说："我关心你呀！"

好了，这时候男人的狩猎本能爆发，在又听到"你在哪里"的时候，像大力水手吃到了菠菜，偷情的本领越来越大，没有任何一个女人可以抓得住。

在短短的一两个小时的午餐时间约会。晨运和遛狗时也约会。男人的感觉越磨越尖，说大话的本领已到不眨眼的程度。

"你在哪里？""我在开会。""你在哪里？""我在加班。""你在哪里？""我在餐厅谈生意。"

"怎么这么忙？"女人大喊。

男人心安理得地回答："多赚一点嘛，中西合璧情人节时，替你买个戒指，为你好嘛。"

中西情人节，要十九年才遇一次。女人还听不出来，感动得很。对女人一好，她们开始担心了。老话说，当丈夫对你特别好的时候，是你担心的时候。

男人做过之后，心有愧疚，当然对老婆越来越好。终归，男人是顾家的，家中这位老婆到底是恋爱后的产品，聪明的男人不至于为了其他女人弄到家破人亡。而聪明的女人，学会放丈夫一马，大家除了做夫妇，也可以做朋友。婚姻最圆满时，也是大家做老伴时。

在女人明白这一点之前，她们还是要问"你在哪里"。有些男人干脆回答："我在其他女人这里！"但是撕破脸，到底是下下招，是不值得这么做的。

最高的境界，无可比的绝招，是男人和其他女人上床时，拿起电话，问老婆说："你在哪里？"

怕

年轻人充满信心，自大得很。

但是奇怪，他们怕这个怕那个，怕的东西和人物真多。

读书时怕考试，怕凶恶的老师，怕交不出功课，怕考不到学校。

初闯情关，怕出现一个比你更有钱的少爷对手，怕说明爱意给人笑。

所以怕自己不够好看，怕长满脸的青春痘亦不好。怕太瘦，怕太肥，怕太高，怕太矮。怕一生孤独没人要。

出来做事，怕上司，怕同事用刀子插你的背脊，怕被炒完鱿鱼找不到工作。

买点股票，怕做大闸蟹（粤语俚语，指股市中被套牢的投资者）。买张六合彩，怕不中。步入中年之前，又怕老。

到了我们这把年纪，才真正天不怕地不怕了。对我们来说，一生已经赚够了，再也不能从我们身上剥削些什么。

真不明白失恋为什么那么恐怖，这个不行，找另外一个呀！难道天下只死剩一个女人？

样子长得好不好看？哈哈哈哈，不好看又怎样，满脸皱纹又怎样？那是我们的履历书。

生了一个大肚腩？好呀好呀，女人当枕头，还不知多舒服！这个年纪，有肚腩才是正常的。骨瘦如柴的，不聚财。

遇到有钱佬，照样你一句我一句，身份平等。你以为他有钱，死了之后就会留给你？

遇到高官，还是开开玩笑算了，也不会因得罪了他们而被秋后算账。

看医生时，说一句"大不了死了"，一切就那么轻松带过。

如果上帝出现在眼前，问问他："你出恭的样子，是不是和平常人相同？"

人生配额

倪匡兄说他不饮酒，不是戒酒，而是喝酒的配额已经用完。

老人家也常劝道，人一生能吃多少饭是注定的，所以一粒米也不能浪费，要不然，到老了就要挨饿。

以寓言式的道理来吓唬儿童，让他们养成节约的习惯，这不能说是坏事。

最荒唐的是，你一生能来几次也是注定的，年轻时纵欲，年纪大了，配额用完就不行了！

哈哈，这种事，全靠体力，不趁年轻时干，七老八十，过什么干瘾？

如果能透支，那么赶快透支吧！

要是旅行也有配额的话，也应该和性一样，先用完它。年轻人背了背囊到处走，天不怕地不怕，袋子里少几个钱也不要紧。先见识，结交天下朋友，脚力又好，腰力也不错，遇到喜欢的异性，来个三百回合，多好！

年纪一大，出门时带定几张金卡，住五星酒店。但是已不能每一个角落都去，拍回来的照片都是明信片上看过的风景。

大鱼大肉的配额也非早点用完不可。到用假牙时，怎么去啃骨头旁边的肉？怎么去咬牛腿上的筋？怎么去剥甘蔗上的皮？

老了之后粗茶淡饭，反而对健康有益。

在床上睡觉更是能睡多少是多少。老头到处都打瞌睡，车上、沙发上、饭桌上，但是一看到床，就睡不着。这个配额绝对用不完。

我一直认为人体中有个天生的刹车掣，等到器官老化不能接受某些东西的时候，自自然然便会减少。倪匡不饮酒也是一样的，他并非用完配额，而是身体已经不需要酒精。

这些日子以来，我自己的酒也喝得比以前少得多，觉得是很正常的。我的肝脏已经告诉我，喝得太多不舒服。而不舒服，是我最讨厌的。尽量去避免，不喝太多的酒，不算是一个很大的代价。

烟也少抽了，绝对不是因为反吸烟分子的劝告，他们硬要叫我戒烟，我会听从的话，那是来世才能发生的事。

白兰地酒一少喝，身体上需要大量的糖来补充失去的。

倪匡一不喝酒，大嚼吉百利巧克力和Mars（玛氏）糖棒。一箱箱地由批发商处购买，满屋子是糖果。

我也一样，从前是绝对不碰一点点甜东西，近来也能接受一点水果。有时看到诱人的意大利雪糕，一吃就是三磅。

那么，胆固醇有没有配额呢？当然没有啦！在不懂得什么叫作胆固醇的贫苦二十世纪六十年代，猪油淋饭，加上老抽，是多么大的一个享受！

而且，胆固醇也分好坏，自己吃的一定是好的胆固醇。

年轻时，看到肥肉就怕，偶尔给老人家夹一块放在饭上，瞪了老半天，死都不肯吃下去。现在看到炖得好的元蹄，上桌时肥肉还像舞蹈家一般摇来摇去跳动，口水直流，不吃怎么能对得起老祖宗？

胃口随着年龄变动，老了之后还怕胆固醇，真笨！现在的配额，取之无穷，用之不尽，快点吃肥肉去吧。

那么因为胆固醇太高，得心脏病怎么办？

肥肉有配额的话，寿命也有配额。阎罗王叫你三更死，你也活不过五更。

因为胆固醇过高而去世的人，也是注定要死的呀！白饭就没有胆固醇了吧，白饭吃太多，也会噎死人的呀！

"最怕是你死不了，生场大病拖死别人倒是真的！"老婆大人狂吼。

迷信配额，应该连生病也迷信才对。

儿女一生下来，赶快叫他们来场大病，那么长大之后，生病的配额用光，什么淋巴腺癌、食道癌、鼻癌、胃癌、肝癌就不会生了。老婆大人，您说是不是？

如果长期患病而死，也是早在八字上排好的。命苦就是命苦！要是命大，那么遇上贵人，一帖灵药就搞定。起死回生，多娶几个老婆，生下一打半打再翘辫子。

穿的、用的、住的、行的，都有配额？即使我这么相信，那么思想绝对没有配额了吧？

各种配额能用完，思想配额将会越储蓄越精彩。所谓思想储蓄，是把你美好的时光记下：印度的泰姬陵，埃及的金字塔，威尼斯、伦敦、巴黎和纽约，都是丰富的储蓄。还有数不尽的佳酿，还有抱不完的美人。只有在生命终结时，思想的储蓄才会消失。

到了那个关头，病也好，老也好，带着微笑走吧。哪会想到什么胆固醇？

身外物、体中神，一切能够想象的配额，莫过于悲和喜。

生了出来，从幼儿园开始被老师虐待，做事给大家笃背脊（粤语方言，打小报告），老婆的管束、养育子女的经济压力等，我们做人，绝对是悲哀多过欢乐。

虽然中间有电子游戏机或木头做的马车带来一点点调剂。还有，别忘了，那么过瘾的性生活！除此之外，我想不到做人有任何太过值得庆幸的事。

把悲和喜放在天平上，我们被悲哀玩弄得太尽！如果人生真的有配额，那么我们死，一定是大笑而死的！

学做妙人
Be an Intelligent Person

男人女人

什么时候学会看人，年纪大了自然懂得。

看人

人活到老了，就学会看人。

看人是一种本事，是累积下来的经验，错不了的。

古人说，人不可貌相。我却说，人绝对可以貌相，我是一个绝对以貌取人的人。

相貌也不单是外表，是配合了眼神和谈吐，以及许多小动作而成。这一来，看人更加准确。

獐头鼠目的人，好不到哪里去，和你谈话时偷偷瞄你一眼，心里不知打什么坏主意。这些人要避开，愈远愈好。

大老板身边有一群人，嬉皮笑脸地拍马屁，这些人的知识不会高到哪里去。虽然说要保住饭碗，也不必做到这种地步，能当得上老板的人，还不都是聪明人？他们心中有数，对这群来讨好自己的，虽不讨厌，但是心中不信任，是必然的事。

说教式地把一件不愉快的事重复又重复，是生活刻板的人，是做人消极的人。尽量少和他们这种人交谈，要不然你的精力会被他们吸光。

年轻时不懂，遇到上述这些人，就马上和他们对抗，给他们脸色看，誓不两立，结果是被他们害惨。现在学会对付，笑脸迎之，或当透明，望到他们背后的东西，但心中还是一百个看不起。

看女人，美丑不是最关键的。

我遇到过很多美女，和她们谈上一个小时，即刻知道她们的妈妈喜欢些什么，用什么化妆品，爱驾什么车。她们的一生，好像都浓缩在这短短的一小时内，再聊下去，也没有什么话题。当然，在某些情形之下，你不需要很多话题。

丑人多作怪是不可以原谅的。几乎所有的八婆都是这个典型，和她们为伍，自己总会变成一个，一字曰八。总之总之，碰不得也。

愁眉深锁的女人，说什么也讨不到她们的欢心，不管多美，都极为危险。这些人多数有自杀倾向，最怕是有这个念头时，拉你一块儿走。

这种女人送给我，我也不要。现实生活中也会遇到，像林黛和乐蒂等人，都是遗传基因使她们不快乐。

大笑姑婆很好，她们少了一条筋，忧愁一下子忘记，很可爱的。不过，她们多数是二奶命。

爱吃东西的人，多数不是什么坏人。他们拼命追求美食，没有时间去害人。大笑姑婆兼馋嘴，是完美的结合，这种女人多多益善。

样子普通，但有一股灵气的女人，最值得爱。什么叫有灵气？看她们的眼睛就知道，你一说话，她们的口还没有张开，眼睛已动，眼睛告诉你她们赞不赞成。即使她们不同意你的看法，也不会和你争辩，因为她们知道，世界上要有各种意见才有趣。

我们以前选新人，二十世纪六七十年代，一部片就有上千个，有谁能当上女主角，全靠她们的一对眼睛。有的长得很美，但双眼呆滞，没有焦点，怎么教这种女人，都教不会她演一个小角色。

自命不凡，高姿态出现的女强人最令人讨厌——她当身边的人都是白痴，只有自己一个才是最精的。这种女人不管美丑，多数男人都不会去碰她们，从她们脸上可以看出荷尔蒙的失调。

"我还很年轻，要怎么样才能学会看人？"小朋友常这么问我。

要学会看人，先学会看自己。

本人一定要保存一份天真。

像婴儿一样，瞪着眼睛看人，最直接了。

沉默最好。在学习过程之中，需要牢牢记住的是，不要发表任何意见，否则即刻露出自己无知的马脚。

注视对方的眼睛，当他们避开你的视线时，毛病就看得出来了。

也不是绝对不出声。将学到的和一位你信得过的长辈商讨，问他们自己的看法对与不对。长辈的说法你不一定赞同，可以追问，但不能反驳，否则人家嫌你烦，就不教你。

慢慢地，你就学会看人了。在这个过程中，你一定会受到种种创伤，当成交学费，不必自怨自艾。

两边腮骨突出来的，所谓的反腮，是危险的人，把你吃光了，骨头也不吐出来。以前我不相信，后来看得多，综合起来，发现比例上坏的实在占多数。

说话时，只见口中下面的一排牙齿，这种人也多数不可靠。

一眼看上去像一个猪头，这种人不一定坏，但大有可能是愚蠢的、怕事的、不负责任的。

从不见笑容，眼睛像兀鹰一样的，阴险得很，德国的希特勒就是例子。

什么时候学会看人，年纪大了自然懂得。当你毕业时，照照镜子，看到一只老狐狸。

我就是一个例子。

才女

当代的才女，必须受过大都会的浸淫，上海、伦敦、巴黎等。用中文的，更非在香港住过一段时期不可，这里是中国顶尖人物的集中地。

眼界开了，接触到比她们更聪明的男女，才懂得什么叫谦虚，气质又提高到另一层次，这是物质上不能拥有的。

去美国也行，但只限于纽约。当然，纽约不应该属于美国，它和欧洲才能搭配。即使不住纽约，最少也得生活在东部，像新英格兰地区，说起英语来，才不难听。

最忌加州，那边的腔调都是美国大兵式的，而且每一句话的结尾都变成一个问号，听起来刺耳，非常讨厌，即刻下降一格。

除了这些大都会，印度、尼泊尔，还有非洲、中东、东南亚，甚至南北极，都得走走，学习人家是怎么活的，懂得什么叫精彩。

才女必须热爱生命，充满好奇心，在背包旅行年代，享受苦与乐。如果是由父母带去，只住五星酒店，也不够级数。

基础应该打得好，不管是绘画、文学、电影和音乐，都得从古典开始着手，根基才稳。一下子乘直升机，先会抽象、意识流、新浪潮和Rap（说唱），以为那是最好的，就走入了歧途，永不超生。

时装虽说庸俗，但也得学习。尽看当代名家，不知道古希腊人鞋子之美，也属肤浅。首饰亦然，有时一件便宜货已显品位。

爱吃东西，更属必然，这是生活最原始的部分，不得不多尝。试尽天下美味，方知什么叫最好，因为有了比较。这么多条件，一定要有大把金钱撒？那也不一定，有了勇气，在任何环境下都能生存，从中学习。

说到尾，最重要的还是了解男性。从书本上当然可以吸取，但现实生活中，多交些异性朋友，不是坏事。有了这种豁达、开朗的个性和思想，才能谈得上才女。不然，最多只是一个没有品位的女强人而已。

温柔

香港电台的理想女性报告，三十项理想女性的特质之中，选出最重要的十项。

结果显示，首三项是积极乐观、有自信、有爱心，但漂亮及身材均不入十大。这代表什么？代表香港女人没有"性"。

怪不得另一个调查中指出，香港男人和女性的做爱次数是全球最少的。生儿女的数目，也千真万确地少。不喜欢漂亮和身材，怎引起兴趣？

再下来的七项是聪明、大方、有学识、独立自主、细心、干净整洁，最后才排到温柔。

温柔和性也有很大的关系。数十年前，台湾女子最解温柔，丈夫到台湾工作，常被当地女人吸引，流连不返。

当今，变成上海了。

是的，积极乐观是好的。但香港女人积极乐观吗？倒不见得。怨妇居多。为何变成怨妇？女强人认为同事是小男人，看不上，嫁不出去。嫁得出去了，首三年的生活还好，再下来就没什么乐趣可言，丈夫不去碰她们，不成怨妇也难。

有自信也不错，但这种东西会爆棚的，过度了就变成武则天，你会想和武则天上床吗？

爱心固有，抱抱宠物罢了。也并不觉得很多女人在当义工。

香港也有温柔的女人，她们多数是头脑少了一条筋，一条烦恼的筋。这种女人，嘻嘻哈哈，懒懒惰惰，随时和你来一下，迷死人。

有人质问："唔温柔系咪就唔系女人先（不温柔是不是就不是女人）？"当然是女人，但是从前的台湾女人、当今的上海女人比较好，但也有例外。

　　骂女人，一定要说也有例外，大家都当自己是例外，就不会围剿你。

爱情信箱

　　在一本周刊上写过一阵子爱情信箱，后来问题逐渐雷同，答得懒了，停笔。

　　但还有些读者继续来信，寄到公司，我不想私下回复，借此方块涂几个字，要是来信者看得到，是缘分；看不到，也就算了。

　　有个人第一年在信上说他暗恋一个女同事，非常痛苦，问我怎么办。

　　我回答说鼓起勇气，向她表白好了。

　　不过，这位仁兄并没有这么做，第二年又来信，重复自己的苦恼。

　　我看了不耐烦，骂道，要是再这么婆婆妈妈，自生自灭可也。

　　今天收到他第三年的信，报告过程：他说他已决定辞去这份工作。在送别会上，他向她说："我一直以来是多么爱你。"

这是他背了一次又一次，怕到时脑海一片空白，什么也说不出的对白。

女孩很明确地拒绝了他，说已有男友。

套用他本人的话："表白不用五分钟，闪一闪，便过了。很伤心，但又很解脱。"

这不是好嘛！早这么做，也不必辛苦了三年工夫。

这男的又问对方，可不可以和她做普通朋友。她答应了。但是男的还要问我：

一、背着良心说做普通朋友，是不是很傻？

是很傻，但你又能做些什么？

二、是否需时间冲淡？因为心还很痛。

是的，时间会冲淡。

三、尽力过，开口过，还是放不开，是不是很没用的男人？

如果没用，大多数男人都没用。

我回他上两封信时，忘记告诉他一个绝招，那就是和女人分手时，永远要加一句：回心转意时，可以随时找我！这句话很管用，女人和男人一样，寂寞起来，什么事都做得出。

男欢女爱

从前，大电影公司有一个智囊团，专为影星设计答案。

那些年轻时就出道的人，有什么人生经验呢？急智更是谈不上，遇到记者不是哑了，就是说多错多，到最后跳进黄河也洗不清。

有的根本是头脑简单，或少了一条筋，那更需要老辣的"姜"来供应资料了。像玛丽莲·梦露，记者问她习惯穿什么睡衣睡觉，她回答说是香奈儿五号香水。这一类的名言，绝对并非她本人想得出。

其他好莱坞明星，如果你翻他们的档案，也会找出许多令人绝倒的对话，很值得一看。有人出过一本书，专收这些话，但有多少句经过他们本人的大脑，不得而知。

说到男女绯闻，电影公司智囊团的第一个反应就是打死也不认，观众明明知道根本不是那么一回事，因为明星给了台阶下，也都默许了。

当年避忌，是因为社会道德水平还迂腐，搞婚外情会惹到非议，但如果双方皆为单身，那么那个男的会被赞美为当代卡萨诺瓦，女的也是被八婆羡慕的对象，不是坏事。

我们东方不同，一向是闪闪缩缩，低估女影迷的智慧，以为她们一听到明星不是处男，就会抛弃他们，甚至觉得女影迷会跳河自杀。

跟着年代变化，观众的水平也提高了，谁会介意周润发有老婆？王菲和谢安琪也都结婚生子，只要她们歌唱得好，就不会被离弃。

男欢女爱是极平常的一件事，明星歌星亦是凡人，需要性，而且DNA愈好，愈得播，这是人类的本能。

做不成和尚

人生已进入另一个阶段，求平淡了。

外出旅行，不再对没有变化的菜式感到厌恶，有什么吃什么。但是晚餐一定要吃饱，不然半夜肚子饿，找消夜是烦事。

在家里，愈简单愈好，我经常做的是一碗白饭，热腾腾时挖一个洞，把细鱼干和葱茸放进去，再用白饭盖之，烫得鱼有点软了，淋上头抽，搅拌后吃，满足矣。

再不然，就是一包台湾干面条，水滚了，煮三分钟，用个大碗，放头抽和黑松菌橄榄油，面条热后拌来吃，也是丰富的一餐了。

别以为这么一来，什么都不吃。到了餐厅，还是喜欢试各类未尝过的菜。如遇名厨，就当成艺术家来欣赏。

吃时总是吃那么一点点，试味道和厨艺。大鱼大肉的心态已无，除非精彩万分，不然不会囫囵吞之。

总结起来，我对火锅还是保留批判的态度。虽然每次都觉不错，尤其是喝最后的浓汤，但是打边炉并攀不上厨艺，只是把食物由生变熟而已。这么一说，四川人不以为然，大家都反对，更伤重庆人的自尊，把火锅从他们的生命中取走，简直不能活了。

但事实归事实，不管他们怎么说切功、吃的次序、调料的重要和汤底的层次，我还是不觉得火锅有什么文化。

我对外国人的白焓（一种烹饪方法，用白水煮）更无兴趣，什么海产给他们扔进大锅一煮，味道尽失，怪不得他们的词汇中没有一个"鲜"字。

烧烤最原始，说到原始，我宁愿只吃三成熟，尚可试到更原始的生肉味。

一切都经过，吃完了火锅、白焓、烧烤，知觉怎么一回事，再求厨艺。等到厨艺也熟悉了，才能回归平淡。但我这个矛盾的人，连斋菜也不喜欢，怎能平淡呢？

唉，还是想吃肉。和尚，是做不成的。

婆媳之间

洋人最讨厌的人物，就是老婆的妈妈，不知为何，关系永远搞不好。

冷讽热骂，写丈母娘的笑话书一册册出版，最典型的一个是岳母被狗咬死，出殡时一条长龙，以为都是前来吊唁，原来大家是来问你那条狗从何处买来。

我们的情形不同，岳母看女婿，愈看愈可爱，可能是东方男人滑头，懂得怎么去讨好妻子的老母吧。

共同点是大家都对媳妇不好。我们的情形更坏，没有一个母亲喜欢把儿子抢走的女人。婆媳间关系的恶化是最令我们头痛的事，争吵起来，男人像猪八戒照镜子，两面都不是人。

除非那个女的是个奴隶，任劳任怨，不然起初还好，后来就愈看愈不顺眼，非把她的缺点放在显微镜下不可。

但这个女人受尽辱骂之后，自己当了婆婆，也会去欺负儿子的老婆。这是怎样的一种心态，做男人的永远搞不清楚。

也许是那种原始的占有本能吧，女人一嫁了，就要把男人当成自己的物业（产业），不给他人一点空间。朋友如是，妈妈如是，不能完全怪家婆（婆婆）不好。

分开来住，问题可以得到暂时的解决，但到了过年过节，总是唠唠叨叨。媳妇说：不去吃团年饭行不行？母亲说：把那个讨厌的女人带来了，可以早一点走就早一点走吧。

自己女儿还是自己女儿，嫁了出去，多了一个儿子，是一般东方女人的心态。反过来，儿子娶老婆，是多了一个女儿吗？怎么相同？那种不要脸的，我怎么生得出？

今天散步，遇九龙城的三姐妹，当年她们全城至美，当今也各自养儿育女了。

三妹也有了媳妇，问她关系好吗。

"好到极点，我当媳妇是我女儿，女儿当成媳妇，那不就行了嘛。"三妹幸福地笑着说。

或者，这是唯一的办法吧？

我们这辈子的人

长辈托我买东西，身体不舒服躺在酒店中，任务就交给自告奋勇代劳的年轻人。

"走了好几家店，买不到。"年轻人回来，轻松地报告。

"盒子上有没有地址？"是我的第一个反应，但是没作声。

翌日，我牺牲睡眠，叫了辆的士，找了又找，好歹给我找上门。买到了，那种满足感是令人兴奋、舒服的，终于没有让长辈失望。

我们这辈子的人，答应要做的事，总是尽了最后一分力量才放弃。

我并没有责怪年轻人，这是他们的做事态度，是他们的自由，与我们这辈子的人不同罢了。

我这种摇摇头的表情，似曾相识，那是在我父亲的脸上观察到的，当我年轻时。

上一辈的人总觉得我们做事就是差了那么一丁点，书没读好，努力不够，缺乏幻想力，总是不彻底，没有一份坚持。

看到那种表情，我们当年不懂吗？也不是。你们是你们，我们是我们。我们认为过得了自己那一关，已经得了。你们上一辈的，有点迂腐。

但也有疑问：自己老了之后，做事会不会像老一辈的人那么顽固？

"那就要看要求我做事的人，值不值得我尊敬。"年轻人最后定下自己的标准。

通常，愈是在身边的人，愈不懂得珍惜这种缘分。年轻人对刚认识的人反而更好，舍命陪君子就舍命陪君子吧！

渐渐地，年轻人也变成了一个顽固的老头，他有自己的要求，有自己的水平，对比他年轻的人已看不顺眼："做事怎么可以那么没头没尾呢？我们这辈子的人，不是那样的。"

从来，我们做人，总是忘记自己年轻过。"我们这辈子的人"这句话，才会产生。

一个人的生活

"所以做人及时行乐最重要。"倪匡兄在电话中说，"不然老了，要做什么都做不了，要吃什么都吃不下。老了，牙齿都会软，真是惨绝人寰。"

倪匡兄说话的时候，爱用四字成语，像写文章时一样，所以说"惨绝人寰"说得很顺口。

"我有一个同学，什么都不敢吃，做人规规矩矩。他前几天死掉了，年龄和我一样，哈哈哈哈。"他说。

"倪太好吗？"我转一个话题。

"到香港去了。"他说。

"你一个人不怕寂寞？"

"我最喜欢一个人了。"倪匡兄说，"躲着看书、看计算机，几个小时动也不动，没人管，多快活！这一点倪震也像我，我们两人都很享受和外界隔绝的生活。"

"旧金山的华人呢？没和你打交道？"

"不可以去碰，一碰就黏上来。他们的时间好像用不完似的，每天来找你，要你做这个，做那个。硬要把自己的生活加到人家头上去。真奇怪，来到外国那么久，没有学到外国人不干扰别人的习惯。外国人请你吃饭，你说不去，就算了，从来也不像中国人一样一直问你为什么，为什么。"

"好，我替你写出来，免得再有这种事。"我说。

"快点写。"倪匡兄说，"有时他们连电话也不打一个，就找上门。"

"你没暗示过他们吗？"我问。

"暗示也没有用，一定要翻脸才有效，哈哈哈哈。"

亲人

有很多没有见过的亲人，在家父的描述下，我好像听到了他们的呼吸。我爷爷有个小弟弟，吊儿郎当，有天塌下来都不管的个性。年轻时娶了乡中的一个美丽的少女，一两年都没生育，我祖母却生了五男二女，将最小的儿子——我父亲——过房给他们。从小爸爸还是不改口地呼称他们细叔（小叔）、细婶（小婶），两人都非常宠爱他。

老细叔自幼习武，会点穴。一天，在耕田的时候，来了三两个地痞欺负他，怎知道给他三拳两脚打死了一个。

当时杀人，唯一走脱的路径便是"过番"（**闽粤方言，指到南洋谋生**）。老细叔逃到南洋，在马来西亚的笨珍附近一小乡村落脚。历经几番岁月和辛酸，总算买到二十亩树胶园，做起园主，和土女结婚生子。

一方面，老细婶一直没有丈夫的音信。她织得一手好布，也不跟我祖母住在一起，于邻近买了一小栋房屋独居。她闲时吟诗作对，不过从来没有上学校的福气，所修的文字，都是从歌册上学来。潮州大戏歌曲多采自唐诗宋词。家中壮丁都放洋，凡遇难以处理的纠纷，都来找细婶解决，连我奶奶都怕她三分。

经太平洋战争，我的二伯终于和老细叔取得联络，问他还有没有意思回到故乡。老细叔也不回答，默默地卖掉几亩树胶园，就乘船走了。

石门锁起了骚动，"过番"三四十年的南洋客竟然回家了，大伙都围来看他。拜会过亲戚长辈后，老细叔拎了行李走入家门。

老细婶并没有愤怒或悲伤，打水让他洗脸，只是到了晚上，让他一个人睡在厅中。

翌日，老细婶陪他上坟拜祖先。老细叔又吊儿郎当地在家里住下，偶尔到邻近游山玩水，吃吃妻子做的咸菜，是世上的美味。

过了一阵子，老细婶向他说："这些年来，我想见你的愿望已经达到。你住了这么久，也应该要回南洋了。"

送丈夫上船，再过了多年，老细婶就去世了。

死后在她家的墙角屋梁找出一百多个银洋，是她一生的储蓄。老细婶没有说过要留给谁，她也不知道要留给谁。

三叔

"这块老皮又长出来了。"三叔说。

"你到底是认人，还是认脚板？"我开玩笑。

"当然是认人多一点啰。"三叔调皮地说，"不过，脚板的印象比较深刻，也比人好看。"

二十多年前，我刚到香港，在邵氏片厂里帮一班武师拉威亚，把演员吊上半天的时候，一不小心，踏到一根又大又长的钉子，拔出来后流血不止。休息了几天，发脓，逼得要到医院开刀。

出来之后满脸胡须，挂一根拐杖，一跛一跛地去尖沙咀吃消夜时，遇到从前的印尼女友，她怜悯地望了我一眼，坐上宾士（奔驰）扬长而去。她心中一定在想："好彩（粤语方言，幸好、幸亏）没嫁给这个人。"

痊愈之后，脚板上伤口处结了一块硬皮，穿起鞋来很不舒服，便去宝勒巷的温泉浴室找师傅修去。在那里，我遇到了三叔。

三叔，扬州人，做修脚这一行至今五十五年了，他本姓谢，排行第三，大家只管三叔三叔地叫，工作的地方已没人记得他姓什么。

在香港，应该是第一把交椅吧。三叔前来修脚时，一定跟着提一盏电灯，把毛巾放在灯罩上，烘热了，包住客人的五根脚趾，待温热软熟后，把包围着趾甲的皮一刀一刀地、仔细地修个干净。

然后便是用刀把硬甲削薄。

"脚甲一长，便顶住皮鞋，走久了，脚甲会镶入肉中。"三叔解释。

修薄后，推着平头刀，便很顺手地削平过长的部分，绝对没有脚甲钳"咔"的一下之后的痛楚。

双脚趾甲修完，三叔用手一摸，凡遇坚硬之处，便以刀刨之。起初是小小一片，后来越来越大，一层层的皮，好像雪花落在地下。

大功告成。

眼看那双脚像初生婴儿一般柔滑，走起路来，感觉全身轻了几磅。

三叔这一顿功夫，足足要一个小时以上，有时两个钟头。

"现在内地一共有多少位师傅？"我们闲聊。

"全部加起来，据我所知，不到一百个吧。"

"台湾呢？"

"二十个最多。"

"香港？"

"十个左右。"三叔说。

哇，除了这三地，已没有修脚这行业，全世界一共也只得一百四十位专业人才。

"我们也算是濒临绝种的稀有动物了，"三叔笑着说，"怎么没人保护？"

没修脚经验的年轻人，绝对不了解这门手艺的伟大。一切脚部的疑难杂症都能医好，当西医要叫你去开刀的时候。

三叔用的那把刀，和我雕刻图章的形状一样。石头的篆刻艺术并不能造福人群，三叔的绝技是活生生的，对人生来讲，更有意义。

前些日子在墨西哥工作，一连几个月泡在干燥的沙漠中，脚踵的硬皮越长越厚，最后还龟裂，走起路来很痛。每天想起三叔，要是能找他修一修，那有多好。

每次出远门，回到香港，第一件要做的事是去叹早茶（喝早茶），到了傍晚泡泡浴池，擦去背上的老泥之后，最大享受便是请三叔修脚。

知道三叔的存在，有强烈的安全感。

有一阵子在温泉浴室看不到他的踪迹，打听下来，移民去了加拿大。那种失落，比见不到老朋友更伤心。

"你有多少个亲人？"我问。

"五个孩子。"三叔说，"两个留在香港，三个在多伦多。他们叫我去享清福。他妈的，原来清福是那么难享的！"

"总可以打打麻将吧。"

三叔的人生，最快乐的事是打小麻将。

"难道多伦多找不到搭子？"我问。

"不，"三叔说，"搭子还是凑得到的。"

"那么？"

三叔说："每次打麻将，要坐一个多钟头车，打完后，又要人送回家。送了几次，不好意思。"

"那就跑回来了？"

"是的。"三叔说，"搭飞机还嫌慢，最好有火箭。"

"还是香港好？"

"当然啰。在这里打麻将，不同就不同。散了之后，走下街，吃一碗云吞面才回去。在多伦多，三更半夜，找什么面？"

电话又来催促，三叔不做下个客人，提着电灯，消失。

阿叔

小时，最大的乐趣是等待星期天。一早，爸爸、妈妈、姐姐、哥哥和我，手抱着弟弟，一家六口穿了整齐干净的衣服，乘了的士，由我们住的大世界游乐场直赴后港五条石阿叔的家。

阿叔姓许，我们没有叫他许叔叔，只因他比我们的亲戚还亲。

车子经一警察局、一花园兼运动场和一个巴刹（**外来语，集市、市场**），向左转进条碎石路，再过几间平房，就是阿叔的花园。我们按铃，恶犬汪汪叫，阿叔的几个儿子开门迎接。

花园占地一万多平方英尺，屋子是它的十分之四，典型的南洋浮脚楼，最前端是个无顶的阳台，摆着石桌凳子。

笑盈盈的阿叔，有略微肥矮的身材，永不穿外衣，只是穿一件三个珍珠纽扣的圆领薄汗衫和一条丝质的白色唐裤，围黑皮附着钱包的腰带。头发比陆军装（**平头**）还要长一点，一张很有福相的圆脸，留了一笔小髭，很慈祥地说："来，先喝杯茶。"

由阳台进主宅的门楣上，挂着一副横匾，写了几个毛笔字，签名并盖印。

第一次到阿叔家时，拉爸爸的袖子，问道："写些什么？"

爸爸回答："这是周作人先生写给阿叔的，是他的这个家的名字。"

"家也有名字吗？周作人是谁？"我还是不明白。

"你以后多看书，就知他是谁了。"爸爸很有耐性地说，"也许有一天，你会学他写东西也说不定。"

"但是，"我不罢休，"为什么这个周作人要写字给阿叔？"

"阿叔是一个做生意的商人，但是很喜欢看书，而且专门收集五四运动以后的书……"

"五四运动？"我问。

爸爸不管我，继续说："中国文人多数没有钱，阿叔时常寄钱给他们，为了感谢阿叔，就写些字来相送。"

"文人很穷，为什么要学他们写东西？"我更糊涂了。

一年复一年，到花园嬉玩的时候渐少，学姐姐躲在书房里，读冰心、张天翼和赵树理的书。

病中，捧着《西游记》《三国演义》和《水浒传》，书籍真的有一种香味。

打从心中喜欢的还是翻译的《伊索寓言》《希腊神话集》等，继之是狄更斯的《大卫·科波菲尔》、雨果的《悲惨世界》，接着是俄国的《卡拉马佐夫兄弟》《战争与和平》，最后连几大册的《约翰·克利斯朵夫》也生吞活剥。

　　阿叔的书架横木上贴着一行小字——"此书概不出借"，但是对我们姐弟，从来没摇过头。我们也自觉，尽量在第二个礼拜奉还，要是隔两个星期还没看完，便装病不敢到阿叔家里去。

　　转眼就要出国，准备琐碎东西忙得昏头昏脑，忘记向阿叔话别就乘船上路。

　　爸爸的家书中，我连流眼泪的时间也没有，心中有个问题：阿叔的那些书呢？

　　所藏的几万册书都是原装第一版本书籍，加上北大、清华等大学的学报、刊物和各类杂志。五四运动以后出版的，应有尽有，而且还有许多是作家亲自签名赠送的。二十世纪三十年代，在上海出版的三种漫画月刊，也都被收集。有些资料，我相信两岸未必那么齐全。

　　阿叔在南洋代理手揸花三星白兰地、阿华田、白兰氏鸡精等洋货，他的店铺并没有什么装修，一个门面，楼上是仓库。

　　在一旁，他有一间小小的办公室，里面除了一个算盘之外，便是一副工夫茶茶具。薄利多销是他的原则。也许是因为染上文人的气质，他的经营方法已落后，晚年代理权都落到较他更会谋利的商人手里。

　　病榻上，阿叔看着他那几个见到印刷品就掉头走的儿女，非常不放心地向爸爸提出和我同样的问题："那些书呢？"

爸爸回答："献给大学生的图书馆吧！"

阿叔点点头，含笑而逝。

酒舅

母亲好酒，一瓶白兰地，三天喝完，算是客气。七十多岁的人了，还是无酒不欢。亲戚友人嘴里虽劝说别喝过量，但是见她身体强壮，晨运时健步如飞，令到半滴不入喉的人反而觉得自己是否有毛病。

人上了年纪，生活方式不太有变化。周末，爸爸和妈妈多是到十八溪前的丰大行去找一群老朋友聊天。爸爸有他吟诗作对的同伴，陪着妈妈的是一位我们的远房亲戚，他也好杯中物。慢慢喝，他们两人一天三瓶不是问题。这亲戚比妈妈年纪小，我们就管他叫"酒舅"。

酒舅身材矮小，门牙之间有条缝，身体结实得像一块石头，再加上头顶光秃到只剩几根稀发，更像一块石头。他的笑话讲个没完没了，讲完先自己笑得由椅子上掉下来。《射雕英雄传》里的老顽童找他来演，不用化装。

出生于富家的酒舅从小就学习武艺，个性好胜，到处找人打架。他又喜欢美食，更逢饮必醉，经常酒后闹得不可收拾，干脆和恶友不回家睡觉，吵至天明。

邻居第二天找上门来，他父亲虽然恨透，但还维护着他，劈头问邻居道："你儿子昨晚把我的儿子引到什么地方去了？"

问罪之人，反而哑口无言。

他父亲是个读书人，生了这么一个不肯做功课的儿子，拿他一点办法也没有，差点气出病来。但是酒舅不管三七二十一，照样研究炒什么菜下酒，不瞅不睬。与其他个性善良纯厚的兄弟比较起来，酒舅是一个标准的恶少，村里的人，没有一个对他有好感。

唯一的好处是酒舅好打抱不平，经常帮助人家解决疑难问题。遇到什么纷争，他便站出来做和事佬。

他当公亲（调解人），多由自己掏腰包出来请客，图个见义勇为的美名。名堂虽佳，却要向两方讨好。

一次甲乙双方争于某事，几乎弄到纠众械斗，酒舅向双方恶少说："你们有胆，先把我杀死再说！"

恶少们知道酒舅曾经学武，能点穴，和人相打时，只用力踩对方的脚盘，那人便倒地不起。

结果，大家都买酒舅的账，一场大斗，便不了了之。

酒舅从小不靠家产，自己出来闯天下，由一个月薪两块钱的小子，渐渐爬到成为一间树胶机构的经理。在那小镇上，酒舅算是一个大绅士。

晚年，他父亲不跟其他儿女住，而钟意和他在一块儿，因为他谈吐幽默，又烧得一手好菜。

而这个儿子，和其他人想象不同，到底个性忠直，一直对父亲很亲近。渐渐地，他也得到了他父亲的熏陶，学了读历史的好习惯，对文学也越来越有修养。酒舅每天陪着他父亲读书写字，练出一手柔美的书法，这一点，村里的人做梦都没有想到。

去年，酒舅去旅行，在内地参加了一个旅游团，团体中有广东省杂志的记者和澳洲的撰稿人及摄影师。

起初，大家认为酒舅是个南洋生番（指文明开化程度较低的人），样子又老土，都不大看得起他。

一坐下来吃饭，酒舅看到什么地方的人，就用什么方言相谈。

"你会说几种话？"广东记者听了，好奇地问。

"会说一点广东话、客家话、福建话，还有潮州话……"

酒舅轻描淡写地用标准的普通话回答说："不过，这些只是方言。"

澳洲人前来搭讪，酒舅的英语更像机关枪。当然，他还没有机会表演他的马来语和印度话。

每到一处古迹，酒舅更如数家珍。

他父亲的教导，并没有白费，比当地的导游更胜一筹，令得众人惊讶不已，事事物物都要向他探询。

过后，《广东画报》有两三页的图文报道，称酒舅为罕见的南洋史学家及语言学家。酒舅读后，笑得从椅子上掉下来。

师公

这个栏，倪匡兄不写了，到底由谁来当租客呢？

有人说："叫蔡澜写回，全部由他负责。"

"吃不消，吃不消。"我连忙摇头摆首。最后，决定了区乐民。

这小子，从当学生时，已和一群同学时常来信，显然他们都喜欢看我的文章。其中一封甚有心，大家是医生，都劝我少抽烟喝酒，但知道我不会听，就说算了，最多以后丈母娘生日，如果我不舒服，也会赶来治疗。

最后，他们毕业了，也各自忙，只有乐民继续写。看他的风格，不能说一点也没受我的影响，至少在结尾的"棺材钉"上。

但是区乐民也从不承认这一点，不是他太骄傲，而是他面皮薄，不好意思吧。在我心中，他实在是一个很有灵气的小孩，不管他怎么想，我还是要把他当徒弟。像查先生写的《天龙八部》中的四大恶人之一南海鳄神，段誉愈不肯认他，他愈要收段誉为徒。但我已说过，收徒弟的话只收女的，当今勉为其难破例，强收区乐民为弟子，一味从天涯追杀到尾，问你怕未（问你怕了没有）。

说到收徒弟，倪匡兄也从来不干这回事，但内地有一群读者熟悉他的小说，自认弟子不算，还在上海组织了一个卫斯理爱好会。

倪匡兄从网上看到这个组织，好心地发上一条短讯，劝他们早早收档。

对方的组织头领收到后，发一条："你是谁？"

"我就是卫斯理倪匡。"他回答。

对方不信，反发一条："嘿嘿，你是倪匡？那么我就是金庸。"

倪匡兄哭笑不得，后来在内容中对方才证实是他，联络上了，到香港登门造访，还带了老婆和亲生儿子，对他说："快叫师公。"

看小孩可爱，最后也认他当徒弟了。

名字的故事

我们家有个名字的故事。

哥哥蔡丹，叫起来好像"菜单"。家父为他取这个名字，主要是他出生的时候不足月，小得不像话，所以起名为"丹"。蔡丹现在身材肥满，怎么样都想象不出当年小得像颗仙丹。

姐姐蔡亮，念起来是最不怪的一个。她一生下来大哭大叫，声音响亮，才取了这个名。出生之前，家父与家母互约，男的姓蔡，女的随母姓洪，童年叫洪亮，倒是一个音意皆佳的姓名。

弟弟蔡萱，也不会给人家取笑，但是他个子瘦小，又是幼子，大家都叫他作"小菜"，变成了虾米花生。

我的不用讲，当然是"菜篮"一个啦。

好朋友给我们串了个小调，词曰："老蔡一大早，拿了菜单，提了菜篮，到菜市场去买小菜！"

姓蔡的人，真不好受。

长大后，各有各的事业，丹兄在一家机构中搞电影发行工作，我只懂得制作方面，有许多难题都可以向他请教，真方便。

亮姐在新加坡最大的一所女子中学当校长，教育三千个少女，我恨不得回到学生时代，天天可以往她的学校跑。

阿萱在电视台当高级导播，我们三兄弟可以组成制作、导播和发行的铁三角，但至今还没有缘分。

为什么要取单名？

家父的解释是古人多为单名。他爱好文艺和古籍，故不依家谱之"树"字辈，各为我们安上一个字，又称，发榜时一看中间空的那个名字，就知道自己考中了。当然，不及格也马上晓得。

我的"澜"字是后来取的，生在南洋，又无特征，就叫"南"。但发现与在内地的长辈同音，祖母说要改，我就没有了名。友人见到我管叫"哈啰！"，变成了以"璐"为名。

蔡萱娶了个日本太太，儿子叫"晔"，二族结晶之意。此字读"叶"，糟了，第二代还是有一个被取笑的名字：菜叶。

一个鸟人

九龙城启德道猪油捞饭隔几间店，开了一家叫常记的雀鸟店，我在请朋友吃饭早到时，总喜欢去看小鸟，和店主聊几句。

种类多得不得了，还卖笼子、饮水杯、干粮、小虫等。卖得相当便宜。

"不爱上鸟儿，做不了这一行。"店主告诉我，"从前我是开的士的，还买了另一辆收租，赚的比现在还多。"

"是怎么开始喜欢的呢？"我问。

"你看这只画眉，眼睛像不像埃及艳后？这种天然的化妆术，多么美！"

唔，果然漂亮。

　　店主继续说："画眉柔顺起来，会用身体来摩擦你，自古以来有小鸟依人这句话，养了鸟才会明白。但它一旦发怒，眉毛竖立，由少女转变成一个斗士，非将对方置于死地不可。赌几十万港币一场的斗鸟，用的就是画眉。"

　　唉，原来他开鸟店，目的是用它们互相残杀——真正爱鸟的人，怎会做得出这回事？

　　店主好像看到我在想些什么，本来可以用一句"我不斗的"来骗我，但他还是老老实实地说："它们生性如此，我养了那么久，如果发现有两只斗性特别强，非赢不可，才拿去参加比赛，让它发挥生命的价值。"

　　店外飞来许多野生的麻雀，也撒干粮给它们吃："我也卖放生雀，这是我最大的收入，也许这些鸟儿是其中一只，它们为我赚过钱，我现在反馈它们。"

　　看到全身浅紫、红嘴巴、白面颊的文雀，记得这是街边相命师傅用来为客人占卜的鸟儿，真是聪明听话。

　　店主笑了："客人总希望抽到一条好签，抽到了，会给看相佬多点贴士（小费）。原来这种鸟的记忆力特别强，牢牢记住给它啄过的签，所以看相佬把它们啄过的坏签全部丢掉了。"

小笠原

星港旅游的副社长小笠原先生，从前在北海道的洛兰酒店当总经理，爱上香港，年纪大了，就来这里住下。

一般年轻职员对这位老头感到怪趣，他最讨厌鸡，看到人家吃鸡翼鸡脚，即刻倒胃，名副其实的鸡飞狗走。

儿女都大了，北海道的家只剩下他和太太两人，偶尔他归乡，住了两天，向他太太说："我回香港。"

"回去？"贤淑的太太发了气，"回这个字，是什么意思？"

我们首次办北海道的旅行团，多得他帮忙，许多酒店经他安排，又便宜又好。当地的旅游业人士很多是小笠原先生以前的手下，如果调皮捣蛋，他便扮起长官，对他们呼呼喝喝，小子们再也不敢出声。虽说是小子，也已经是五十岁的人了。

上次去东京，有家很古老的鳗鱼店，环境十分幽雅，专做高级客人生意。

本来不接待团体，正在头痛，原来老板和小笠原先生是老朋友，说什么都行，还打了一个很大的折扣。

这回和查先生来京都，入住皇妃酒店，也是他介绍的，十万的套房变成五万，酒店的老板八十多岁了，还亲自带他儿子出来欢迎。

"这家旅馆是小笠原帮我设计的。"老板说,"我们是几十年的好友。"

做人的好坏,从经历,从他交的朋友身上可以看到。坐在办公室中,他是位普通的老头;在朋友之中,他是受敬佩的长者。

星港的老板徐先生是我的同学,现在和他一起做旅游生意,他说对外总需一个名堂,印了一张副社长的名片给我,星港变成了有两个副社长。一般的人会产生敌意,但是小笠原先生和我"相敬如宾"。可能在我的朋友之中,他也没听过什么坏话。

何藩

有些老友,忽然想起,特别思念过往相处的一段时光。何藩,你好吗?

让我洗刷记忆吧。何藩是二十世纪五十至七十年代,在国际摄影中连续得奖二百六十七次的人,曾被选为博学会士及世界十杰多回,著有《街头摄影丛谈》及《现代摄影欣赏》诸书。

当年,阳光射成线条的香港石板街、菜市、食肆,皆为他的题材。虽然以后的摄影家们笑称,这类图片皆为"泥中木舟"的样板，但当年不少游客都被何藩的黑白照吸引而来，旅游局应发一个奖给他。

硬照摄影师总有一个当电影导演的梦，何藩也不例外，一九七〇年拍摄实验电影《离》，获评英国宾巴利国际影展最佳电影。

之前他已加入影坛，当时最大的电影公司有邵氏和电懋，他进了前者，在《燕子盗》一片中当场记。影棚的人看他长得白白净净，做演员好过，就叫他扮饰妖怪都想吃的唐僧，最为适宜。一共拍了《西游记》《铁扇公主》和《盘丝洞》数片。

还是想当导演，导演一九七二年首部作品《血爱》之后，以执导唯美派电影及文艺片见称。

何藩每次见人，脸上都充满阳光般的微笑，和他一块儿谈题材，表情即刻严肃，皱起八字眉，用手比画，像是一幅幅的构图和画面已在他心中出现，非常好玩。

也从来没见过脾气那么好的导演，他从不发火，温温暾暾，公司给什么拍什么。一到了现场，他就活着。

有多少钱制作他都能接受，他以外国人说的"鞋带一般的预算"，在一九七五年拍了一部叫《长发姑娘》的戏，赚个满钵。

所用的主角丹娜，是一位面貌平庸的女子，但何藩在造型上有他的一套，叫丹娜把皮肤晒得黝黑，加一个爆炸型的发式，与清汤挂面的长发印象完全相反，实在吸引不少年轻影迷。

何藩已移民外国，听说子孙成群，不知近况如何，甚思念。

年龄

我常说，好的女人不会老。

真的。她们愈来愈优雅，比俗气的女人年轻许多。也很难猜出她们的年龄，都停留在三十左右，最多也就四十。

曾经以流行歌曲来试探过：会唱披头士是一代，猫王另一代，法兰克·辛纳屈又是一代，懂得唱平·克劳斯贝的，已不敢去猜。

当然，那群特别喜欢老歌的年轻人又另当别论。还有父母爱听什么，也会影响到下一辈人钟情的歌曲。

品位能增加她们的魅力，像衣服颜色的配搭，令人看得舒舒服服。像不去深圳抢冒牌货，谈吐就不露出马脚。像不讲人是非，就不惹人讨厌。普通女人和好女人，分别在此。

最容易老的应该是普通女人。她们由一个可爱的少女，瞬间就变成讲话不绝的老太婆。内容贫乏，永远是某某人的老公和某某人的太太鬼混，等等。千篇一律，资料来自八卦杂志。最糟糕的是移民海外的女人，谈的还是过时的呢。

好女人种种花，欣赏些艺术品，恬恬淡淡，皱纹减少，真难看得出她们多少岁。

用另一个方法猜测也很准确，那就是看她们的英文名字。

叫Doris的多数其父母是多丽丝·戴（Doris Day）的歌迷，这些人的年龄应该在五六十岁，错不了。

叫Sharon的较为年轻，多数是父亲想莎朗·斯通（Sharon Stone）想得发癫。在莎朗·斯通之前，很少名女人叫这个名字，除了波兰斯基的老婆。

还有一个灵验的方法：掀开她们的头发，看她们的后颈。

后颈上还有些汗毛的，不会老到哪里；没汗毛的，一定过三张（三十）。友人常用此法看夜总会女人，相当没品位。知道就是，何必拆穿？自己认为她们不会老，就不老。

拾忆

小时住的地方好大，有二万六千平方英尺。

记得很清楚，花园里有个羽毛球场，哥哥姐姐的朋友放学后总在那里练习，每个人都想成为汤姆斯杯的得主。

屋子原来是个英籍犹太人住的，楼下很矮，二楼较高，但是一反旧屋的建筑传统，窗门特别多，到了晚上，一关就有一百多扇。

由大门进去，两旁种满了红毛丹，每年结实，树干给压得弯弯的，用根长竹竿剪刀切下，到处送给亲朋戚友。

起初搬进去的时候，还有棵榴梿树，听邻居说是"鲁古"的，果实硬化不能吃的意思，父亲便雇人把它砍了。我们摘下未成熟的小榴梿，当手榴弹扔。

房子一间又一间，像进入古堡，我们不断地寻找秘密隧道。打扫起来，是一大烦事。

粗壮的凤凰树干是练靶的好工具，我买了一把德国军刀，直往树干飞，整成一个大洞。父亲放工回家后，臭骂我一顿。

最不喜欢做的，是星期天割草，当时的机器为什么那么笨重？四把弯曲的刀，两旁装着轮子，怎么推也推不动。

父亲由朋友的家里移植了接枝的番荔枝、番石榴。矮小的树上结果，我们不必爬上去便能摘到，肉肥满，核子又少，甜得很。

长大一点，见姐姐哥哥在家里开派对，自己也约了几个女朋友参加，一揽她们的腰，为什么那么细？

由家到市中心，有六英里路，要经过两个大坟场，父亲的两个好朋友去世后，都葬在那里，每天上下班都要看到他们一眼。伤心，便把房子卖掉了，搬到别处。

几年前回去看过故屋，园已荒芜，屋子破旧，已没有小时感觉的那么大，听说地主要等地价好时建新楼出售。这次又到那里怀旧一番，已有八栋白屋子竖立。忽然想起《花生漫画》里的史努比，它看到自己的出生地野菊园变成高楼大厦时，大声叫喊："岂有此理！你竟敢把房子建筑在我的回忆上！"

真假

我们一群小孩围着父母，蹲在地上吃榴梿。父亲把他游历过的地方告诉我们，并提起看过一个榴梿，有面盆那么大。我们都给他惹得大笑，说："哪有这种事？"

长大后四处走，在曼谷果然看到一个大如面盆的榴梿，才知道家父讲的都是真的，我们见识的实在太少。但是在亲眼见到以前，还是以为父亲在讲笑话。

"偶尔，谎言变成趣事，并没有不对的地方；有时，真实更是滑稽。总之大家开心就是。我说的是真是假，有一天你们看到了便知道。"父亲常说。

我的许多故事，也是这个原则。

单单说香蕉，就有数十种那么多。香蕉并不只绿色和黄色，深红、浅紫的也有，在南洋一带能见到。

有一次在印尼的乡下，走了整个上午，没有吃早饭，肚子有点饿，往前一看，有一个土人蹲在地上，他面前摆着一条香蕉，有三英尺长。

他用刀子把上面那层皮割出一半，露出白肉，用汤匙挖起，送入口中。

我从来没有看过那么大的香蕉，马上照样买了一条来吃。

肉很香甜，不过"咯"的一声咬到硬物，吐出来一看，是香蕉的种子，足足有胡椒粒那样大小。一面吃一面吐，吐到地上便黑掉。

用它来做香蕉糕，三四个人也吃不完。

走过南美洲的香蕉园，看到树上一串的黄熟大蕉，本来没有什么奇怪，但仔细观察，就知道不同，因为所有的香蕉是向上翘的，其他地方的是往下垂。

印度的香蕉，只有大拇指那样大，是我吃过的最甜的一种。

剥皮时，不是由上往下撕，而是向外团团转着拉，像拆开雪糕筒的纸张，其皮极薄，似透明。

朋友听了又说："哪有这种事？"

我笑着不答。反正是真是假，有一天你们看到了便知道。

说完，拍拍屁股走了。

舒服

到千禧年，不过数十日工夫。有人一大早就设计好去东去西。到新西兰的小岛，可以看到最早的日出。

原来这不过是一个没有旅店的地方，只能在那里扎营，于户外开派对庆祝到黎明，但天一阴，看不到太阳也说不定。

到底是怎么一个地方？好奇心令到我也想去一去，决定趁早一游，好过在当天和太多人拥挤在一起。

纽约的时报广场中数钟算秒吧！旅馆乘机抬高价钱，而且冬天的纽约，半夜在露天站几个小时，也够受的。

格林尼治的标准时间中度千禧呢？想起英国的印度人已够多，何必欢迎一张黄色面孔？唉，还是作罢。

总不能待在香港呀。

本来，查先生一家去澳洲过年，我也打算去凑凑热闹的，但目前计划被迫有了改变。

事关星港公司和我合办的旅行团，在圣诞节订好北海道的酒店，不能改期。

目前去北海道需于东京或大阪转机，浪费时间颇多，直航的，唯有包机了。

和港龙商量妥，有直飞函馆航机，不过一包就要包三架，才能把成本压低，旅费不必加在团友头上。

所以预备了三团，从圣诞节横跨千禧年，第一团是十二月二十二日出发，五天四夜，二十六日返港。第二团二十六日起飞，三十日回来。第三团从一九九九年十二月三十日，到二〇〇〇年一月三日。和大家一起在北海道玩玩，也避开了千年虫的骚扰。

这也好，圣诞节和千禧年在豪华酒店中饮香槟，隔玻璃欣赏雪景，或到户外扔雪球嬉戏。虽然头上都没顶，浸在温泉中看雪花飘下，也比在荒岛或广场上倒数舒服得多。

委屈

其实，我喜欢看别人吃东西，多过自己吃东西。

什么都吃，吃得津津有味的相貌，是多么赏心悦目。

最怕遇到对食物一点兴趣也没有的人，这种人多数言语枯燥，最好敬而远之，不然全身精力都会被他们吸光。

各有选择，我对素食者并不反感，尊重他们的权利，你吃你的斋，我吃我的荤，互不侵犯。

讨厌的是吃斋的人喜欢说教，认为吃无机种植的蔬菜才是上等人，吞脂肪的人像患了麻风，非进地狱不可，永不超生。

素食者人数一多，对肉食者群起而攻之，凡肉类，都是一切病源的开始。我没有不舒服，好像犯了罪，一定要说到你去看医生。

素食者人数一少，便眼光光（**粤语方言，睁着眼睛的意思**）地坐在一旁，看别人大鱼大肉，自己做委屈状：啊！我这个可怜的人，什么东西都没的吃！啊！可怜呀！好可怜呀！

已经专为这种人叫了一碟什么罗汉斋之类的。一上桌，试了一口。咦，怎么这么难吃？从此停筷，继续做他们的委屈状。

当然啰，又不是素菜馆，大师傅烧不惯，像个样子已经算好的了。不吃白不吃！算了，他妈的！

吃素没什么不好，但是强迫儿女也一起吃斋，就是罪过。这些人的儿女长大后，和他们长得一模一样，面黄肌瘦。可憎。

有一位朋友，不但不吃肉，连蔬菜也不碰，一味喝酒。她一坐下来就向各位声明不太吃东西，主人不相信，拼命夹菜给她，她只是笑笑，也不拒绝，但不碰就不碰，反正早已告诉过你，不能说我浪费。这种人，什么都不吃，也可爱。

同学

旅行时，把记忆留下，有些人用相机，我则用文字。但这两种方式都不能与当地人发生接触，对一个地方的观察不够深入。

就算你够胆采取主动，语言也是一个很大的障碍。

最好的办法莫过于画画，拿一张纸头和笔墨，见有趣的人物画张漫画，对方一看，笑了出来，朋友就好交了。

画得像是不容易的，所以要找好老师，有什么人好过尊子（香港漫画家）呢？有晚一起吃饭，我向他强求："请你做我的师傅吧！"

尊子笑了："画画不难，一定要找到一个符号。大家对这个人的印象是什么？你把他们心中想到的画出来，就像了。"

说得太玄，太抽象了，不懂。

"还是到你家去，当面再过几招给我行不行？"我贪心得很。

"先过我这一关。"尊子太太陈也说。

"嗯？"我望着她。

"先带几个俊男给我看看，我喜欢的话，就叫尊子收你为徒。"陈也古灵精怪地说。

"要带也带美女去引诱尊子，带俊男给你干什么？"我问。

陈也笑得可爱："美女我也喜欢，照杀不误。"

一时哪里去找那么多俊男美女？不让我登门造访，只有等下次聚餐带了纸笔，在食肆中要尊子示范给我看看。

大家见面，尊子带了一本美国著名漫画家Hirschfeld（赫希菲尔德）的作品集给我。

"看了这本书，自然学会。"他说。

记得第一次拜冯康侯先生学书法时，他拿出一本王羲之的《圣教序》碑帖，向我说："我也是向他学的，你也向他学。我不是你老师，你也不是我学生，我们是同学。"

神奇

忽然接到一个电话。

"我是桂佑铭。"一个陌生的名字，"我爸爸刚刚去世，他说第一个要通知你。"

"你爸爸是谁？"我直接地问。

"桂治洪。"对方说。

惊讶和悲伤同时袭来，我只能说："可以帮你做些什么吗？"

"美国什么都有，仪式也会很简单，请蔡叔叔不用挂心。"

小桂自从在马来西亚染上肝病之后，一直受它的折磨。一九九一年切去半个肝。一九九五年复发，成为肝癌，再采取肝栓塞手术，在大动脉注射药物以堵塞癌细胞扩散。到一九九九年四月再复发，发现肝之外，肺部也有黑点。妻子早已离他而去。一九九九年十月一日凌晨三时十五分，桂治洪病逝于洛杉矶的家，终年六十二岁。

生命，对不抽烟不喝酒和没有女朋友的他，实在不太公平。

儿子桂佑铭的样子很像他，当年我们都住在邵氏影城宿舍敦厚楼，七岁大的桂佑铭经常独自跑到我家做客，翘嘴唇骂人，把父亲的冤屈揽于一身，很可悲，也很可爱。

值得庆幸的是，桂治洪移民到美国后，开了家薄饼店，下味精，未尝过的墨西哥原住民吃得津津有味，生意火爆。

最后那几年，桂治洪有机会就乘豪华邮轮周游列国。在美国时，常去钓鱼作乐。前年回香港，和我在菜馆吃饭，也不管三七二十一大吃内脏和喝啤酒，说是他最快乐的一晚。

儿子桂佑铭也有三十多岁了，做了很多份职业，最后还是深受父亲影响回到电影圈，替李连杰看剧本，做他的跟班。

每次看到故人仙逝，又见他们的儿女长成，生命之连连续续，又无奈，又神奇。

残废

好友家中有三千金，分别为七、八、九岁，都长得可爱。

"十年后，我就退休，"他说，"全职看管我的女儿。"

看他，想起去年过世的哥哥，爱女如命。女儿到了有月事的年龄，哇哇大叫，担心得天就快塌下来的他，闹得不可收拾。

女儿长大后要出门，吩咐她说："十点钟之前一定要回来。"

外国留学后返家，去看电影，吩咐她说："十一点钟之前一定要回来。"

一转眼，女儿已三十，还左挑右挑的。这时，大哥吩咐她说："今晚在朋友家过夜也不要紧。"

爱心、道德观，都是想出来的东西，随时间和环境改变，死守，烦恼便多了出来。

庆幸自己没有女儿，才能说风凉话，要是有了，说不定门都不让她们踏出一步。

做爸爸的，都是怪物。

所谓的"生活"，是生活的一部分呀。女儿长成，难道不让她们生活吗？

一直担心她们让人家欺负，把生活变成虐待，自己正常吗？

谁会知道，她们不在欺负别家的儿子？

也许不担心的，只有外星人吧。

倪匡兄可以和女儿大谈性事，两人哈哈大笑，一个说昨晚大战三百回合，一个说要是我，就大叫大王饶命！这两个人都是外星人。

当今年代，应该担心她们有没有沦落毒海，多过健康的生活。

另一位友人，是黑社会大哥，也有二千金，向我说："谁去碰她们一根毛，谁就残废。"

听了毛骨悚然，当年嘴巴无毛，约周围少女，情到浓时在车厢后鬼混，好在她们的父亲都是白领阶层，不然就残废了。

海南师傅

小时候理发，不是跑到印度师傅那里去修，就是去给海南人剪。

中国理发铺子的招牌真怪，左边开了一家叫"知者来"，生意一好，右边马上跟着另一家，叫"就头看"。

一推门，"吱"的一声，生了锈的弹簧好像在骂你。客人真多，坐在有臭虫的硬板凳上等，哪里有什么八卦周刊，报纸都没有一张。

等，等，等，已经老半天了，风扇把剪细了的头发吹进鼻子，大声打喷嚏，四五个剃头佬一齐转过头来睁大眼睛瞪着我，只好把头缩到脖子里去。

摇着脚，东张西望。见一只只的赤裸灯泡，原来是挖耳朵用的，理发匠用那几根毛已发黄的东西替客人掘"宝藏"。哇！岂不会把耳朵挖出脓来？

轮到我了，那家伙把一块木板放在椅子的两个把手上，我乖乖地爬了上去。先用一块像挂图一样的白布包着你，往颈项上一箍，差点把我弄到窒死。

再来是用大粉扑，噼噼啪啪地乱涂一顿，白粉纷飞，那个难嗅的味道，到现在还是忘不了。

跟着他拿了一只发钳，吱吱喳喳地在我的后脑剪一圈，声音就像用金属物在玻璃上刮那么难听，牙肉都酸掉。剪得来一个快，夹住你的发根也不管，往上一拔，痛得眼泪掉下来。

不知不觉中，小毛发自动地钻到你身上，刺得浑身又痛又痒。刚要摆脱它们，那剃头佬又大力地把你的头一按，比电影中的大胖子、露胸毛的刽子手还要凶。

好歹等他剪完，照镜子一看，哇，和哥伦比亚的三傻短片的那个"模亚"一样，一个西瓜头。

走出店铺，看到街边坐了一个人，理发匠将他"就地正法"。

想想，唉，自己算是付得起钱进铺子的人，心里好过一点。

警察来抓人，无牌剃头师走得快，客人的头只理了一半，呱呱大叫。理发匠边跑边说："明天再来，不收你的钱！"

老

生老病死这个人生必然的过程，"病"是最多人讨论的；"生"理所当然，没什么好谈；"死"中国人最忌讳，从前不敢去提到它。今天要聊的是"老"。

得从时间角度去看，我们十几岁时，觉得三十岁的人已经很老。到自己是三十的阶段，就说六十方老。古来稀了，还自圆其说："人老心不老。"

我们对渐进式的改变从来不感觉，一下子从儿童到中年到晚年。讥笑别人老，自己也一定有报应。丰子恺先生在三十多岁时已写了一篇叫《渐》的文章，分析这种缓慢的变化过程，可读性极高。

为什么我们对"老"有那么大的恐惧呢？皆因那些孤苦伶仃、行动不便的人给了我们印象，以为大家老了，就会变成那个样子。

你不想老吗？商人即刻有生意可做，什么防皱膏、抗老药在市面上一大堆，还有我们的整容医生呢。但是，一切枉然，老还是要老。

应该怎么老呢？我觉得老要老得有尊严，老要老得干干净净。

不管你有钱没钱，一件衬衫总得洗净烫直。做得到的话，怎么老都可以接受，不一定要穿什么名牌。

中国人不会，旅行时就要向外国人学习了。他们当然也有衣着褴褛的例子，但是一般注重外表。像在巴黎香榭丽舍，到了秋天，路上两排巨木的叶子变黄，一辆小雪铁龙汽车停下，是深绿色，走下一对穿咖啡色毛衣的老夫妇，在街中散步。一切金黄，和落日统一起来，多么美妙！

香港人有必要学老，因为他们是全世界最长寿的人之一，男人平均年龄七十九、八十岁，女人八十六七岁，俱列世界第二位。

如何学老呢？从年轻开始，就要不断学习，别无他途。学识丰富了，任何一种专长都可以用来做生财工具，我们就可以不怕穷，不怕老了。

年轻人，别再打电子游戏和听无聊的流行音乐了。不然，你就会变成你想象中老了的样子。

敬老

我的宗旨，总是敬老。

自己想抽烟，但是在座有年纪比我们大的人不喜欢烟的味道，那怎么办？

起初，我也觉得相当难忍。改变想法，即刻解决。把自己带进一个禁烟的地方好了，像在纽约的Nobu（世界知名日料餐厅）吃饭，总不能抽烟吧？到门外去，那里也有几个伙伴陪你抽。

想通后，烟瘾一来，我就往外跑，一点也不觉麻烦或辛苦，虽然有时外面下雪。

日本是一个抽烟最自由的地方，烟草事业由政府的专卖公社经营。但是，日本最爱跟流行，尤其是给美国人牵着鼻子走，国家不禁烟，但地方政府可以下令不准吸烟。

像东京都的知事石原慎太郎，禁止在银座等几个区抽烟，他们做什么都想走先一步。美国禁烟是室内的，日本人现在在街上也不许人家抽一根烟。

这次住帝国酒店，到附近的书店、文具店走走，天气冷，有根烟多好！忽然，我从袋子里拿出一根烟斗吸，迎面来了一个警察，看我，表情有点古怪，到底要抓我好还是不抓我好？禁的只是香烟嘛。

近来爱上雪茄，晚饭后在家赶稿，先抽一根Cohiba（高斯巴，雪茄品牌），是好友杨先生送的。早上在办公室，开工之前又来一根，大乐。当今的办公室也有很多是禁烟的，为五斗米也可以折腰了，区区个把小时放弃抽烟，又算什么？

但已到了生意做不做都不要紧的时候，很少出门，你要找我？行呀！来我的办公室好了，不只香烟可抽，雪茄、烟斗都不拘。

年轻人已大多数不抽香烟了，很好。和他们一起吃饭，我也不抽，因为他们很稳重，感觉比我还大，我敬老。

学做妙人

Be an Intelligent Person

学做妙人

愿你我，都做喝酒的人。

杀价的乐趣

"一斤多少钱？"

"五块。"

"什么？那么贵？两块行不行？……四块吧……四块半！"

"好，卖给你。"

"加一根葱。"

这不是杀价，这是买菜，家庭主妇的专利。她们有大把时间，可以慢慢磨，毫无艺术可言。

男人不喜欢花时间在这件事上，当然也包括一些个性开朗豁达的女人。大家都讨厌被别人占便宜，只要价钱合理，一定成交。但是对方拒绝老老实实出价，唯有和他们周旋。

如果一开口就买下，商人虽然乐于赚一笔钱，但对于你这个大头鬼，也没好感。在土耳其的一个街市中，我就听到店里的人说："谈价钱是我们生活的一部分，你减我的价，表示你肯和我做生意，是对我的尊敬。"

所以，男人多么嫌烦，也需要杀价。久而久之，变成一门艺术。当成艺术，杀价已是乐趣。

很久之前，我在贝鲁特的酒店商场注意到一张波斯地毯，前面是白色，中间见到是大红色，过后回头又是粉红色，深深把我

学做妙人

Be an Intelligent Person

一切烦恼，总会过的。

蔡澜

来把我抓住，是神是鬼，先敬我一句："

，我并没那么多闲钱可花，开始转身。

"对方恳求，"出一个价。"

是你！"我说。

美金。"

，那么精细的手工，还能到哪里去找？你

钱。"店主说。

看过更好的，如果你有货，拿出来。"

真是内行"的表情："好，你明天来，我

溜烟跑掉！

电梯，那厮已在大堂等待。

一看。"

眼吧。走进店里，果然是一张更大更薄的，

的确难以找到这种精品。

　　"知道你识货，不再讨价还价，只加两千，算整数的两万美金好了。"他宣布。

　　我摇头："你既然知道我识货，那就不应该开这个价。好，我也不会讨价还价，你想一想，能减到什么最低的价钱。我现在出去吃饭，回来后告诉我。"

　　他只好让我走。商店一般只开到下午六点，再迟也是八九点，我十一时才折返酒店，他还笑嘻嘻地等在那里："为了表示我的诚意，我减一半，一万美金。说什么也不能再低了，大家可以不必浪费时间。"

　　织一张那么好的地毯，最少半年，三个人制造，一个月算工资一千美金，三乘六等于一万八，丝绸本钱不算在里面，也是一个公道的价钱。我在其他地方看到一张只有三分之一大的，也要卖五千，五乘三，一万五。而且这种工艺品像钻石，不是一倍一倍算的。

　　店主看我考虑了那么久，说道："再出个价吧，再出个价吧。"

　　杀价的艺术，是永远不能出个价。一出价，马上露出马脚。

　　"九千美金，"他有点生气，"不买拉倒。"

　　"拉倒就拉倒。"我也把心一横。

　　"这样吧，"他引诱，"你把你心目中的价钱写在纸上，我也把我的写在纸上，大家对一对，就取中间那个数目好不好？"

这是个陷阱，但是一个好的陷阱，也是他最后一招，但我总不能写一块钱呀。

什么艺术不艺术，如果你真的想要买这件东西，老早已经崩溃。如果你觉得一切是身外物，美好的在博物馆看得到，不拥有不是问题的话，那你就有恃无恐了。

"最后价钱，"我说，"两千美金。"

成交，他伸出手让我握。为了遮掩他一开始的时候出那么高的价，他说："开始打仗了，三个月没发过市（**粤语方言，指买卖成交**），能有多少现金是多少。你拿回去，卖给地毯商，也能赚钱。"

我感谢他的好意，心里面想："这张东西，也许本钱只要一千块，当地人工，一个月几十美金。"

人，总是那么贪婪和不满足。

刚去过云南丽江，有许多手工艺品，太太们拼命抢购，这里买到一件二十块的，隔几家，才卖八块，快点多买几件来平衡。像买股票一样，也是好笑。

我也想买几个做工精美的手提电话袋送人，家家都卖同样货物。我看到一位表情慈祥的老太太，勤劳地自己动手。走了进去，她问什么价钱，已不是重要的事了！

穿衣的乐趣

日本的夏天，吃七月底最成熟的水蜜桃，浸浸温泉，与下雪时又是不同的味道。起来，一身汗，喝一杯冰冷的啤酒，听听周围树上的蝉声。

勾起一段回忆，四十年前看过一部石原裕次郎的电影，他在夏天穿了一套和服，薄如蝉翼，心中大赞："天下竟有此般美妙的东西！"

后来才知道是一种叫"小千谷缩"（Ojiya-Chijimi）的麻质布料。早在一千多年前，已极为日本人所推崇。

"小千谷"是地方的名字，所谓"缩"，则是一种传统的织布法，在昭和三十年（一九五五年）被指定为国家重要无形文化财产。

哪一家人、哪一个牌子的小千谷缩做得最好呢？都不重要，它要经过严密的审查才能打上"小千谷缩"的标头，需具有以下五个条件：

一、原料一定要使用手撕出来的苎麻。

二、织有条纹，不靠机器。

三、只许可用传统的木架织布机纺织。

四、除去麻线上的凹凸，只能用水冲洗，或用脚踏平。

五、必得在雪上晒干。

自古以来，越后新潟的农村女子，到了冬天雪季不能耕种，就在家里织布。将苎麻浸水后一条一条剥成线的过程已需一个月的时间，纺织时屋中不可烧火炉，否则影响纤维的伸缩。织好的布在雪地上洗晒，也是同一个道理。麻条制成布匹后，揉之又揉，纤维收缩，卷曲起来离开皮肤。

用这种技巧织出来的布，质地柔软，但非常笔挺。在透凉感、水分的吸收和发散、白度、光净、坚韧上，苎麻都比南方人惯用的亚麻强得多。

小千谷缩算是世上最完美的麻质布料，你只要穿过一次，就上瘾了。

织成的布料摩擦在身上的感觉，是无比的享受。伊豆修善寺的温泉旅馆中，就用全白色的小千谷缩来做布团被单和枕头的盖子，非常豪华奢侈。

这回带了老饕旅行团来冈山吃桃子，前后两回一共在日本住上十天，够时间在大阪的高级和服店订制一件。

小千谷缩做的和服近于透明，得穿上一套内衣才不失礼。通常日本人会在上身穿一件内衣，领子和袖子的颜色衬外衣，中间是白色的。

我选的外衣是深蓝色的，问裁缝师傅道："为什么中间要用白色，全套都是蓝的不行吗？"

"白色，"他回答，"才能把材料衬托出来，让人家看得出是小千谷缩。"

另外要配上一条内裤，盖住膝骨那么长，日本人称之为"舍子"（suteteko），也是棉质的居多。

腰带可用扁平的，但是我还是喜欢近于黑色的十二尺丝带，卷成数圈缠于腰上。

一般和服的腰带绑起来，结容易松掉。为什么有些人的带子绑得那么结实？原来穿上身内衣时，已有另一条带封住。穿上外衣，内层又加一条，最后外层才缠正式的腰带。

拖鞋或木屐任选。要正统的话，还是得穿江户时代公子哥儿流行的setta（竹皮屐）。皮底，插着一条钢条，走起路来发出金属声音。

夏天不可缺少的道具是一把扇子，普通的日本折扇太小，没看头。用一把葵扇吧。扇上加网，令它不散，再添上一层薄漆，才不穿孔。选把鲜红色的，够悦目。扇子不用时，可插在腰带背后。

衣服绝非夏天洗完澡后穿的夕云（yukata）凉衣可比。夕云只能穿在街上散散步，不登大雅之堂。这一套和服可以出席任何场面，非常大方。

织小千谷缩的工匠愈来愈少，政府拼命培养，但有什么年轻人肯在没有暖气的屋中织布？用尼龙代替，却一下子就露出马脚。

"小千谷缩那么好的料子，为什么内衣却是普通棉织的？"我问那个和服专家。

"啊！客样（客人），"他说，"我们日本人穿衣服是穿给别人看的！"

"那么你用蓝色的小千谷缩来替我做内衣吧，别人看得出看不出不要紧。"我说，"但是这合不合传统？"

"不是合不合的问题。"他回答，"衣料不便宜，没有人那么要求过。"

岂有此理！自己感觉好，才最重要，管人家什么看法。

记得丰子恺先生谈起他老师弘一法师李叔同的服装，说他是风度翩翩的公子哥儿时，整套挺直的西装。当了教师，穿的是合身份的长袍。做了和尚，写信请人做袈裟，尺寸写得清清楚楚，绝不含糊。是什么穿什么，像什么。

洋人着唐装，男人总像功夫片配角；女人穿旗袍，衩开得有如欢场女郎，看得摇头不已。

我们到意大利最好穿英国西装，到英国穿法国的。着日本和服，非但穿得要像样，还要穿得比日本人好，一乐也。

花钱专家的梦

有些人说有钱不知怎么花，我听了大笑不已。花钱，我是专家。

"中了两亿元的六合彩，一年花光很容易，"朋友发表大论，"一下子花光就难。"

谁说的？给我两亿，我去买张毕加索的画，还不够呢。

钱不花就不算钱，这是老生常谈。阿妈是女人，谁又不知道呢？但偏偏有人不会花钱，赚来的蓄进银行，结果多一个零少一个零，都不知道。

如果我有一笔额外的收入，一定拿十巴仙至五成来花。这才感觉到钱的价值。我还有不接受任何劝告的习惯，叫我别花，我就花得更厉害，所以比例是十至五十巴仙。但是我有自制力，是不会超过五成的。

年轻时的梦想：买个小岛，一个人住，设一电影院，把世界古今电影收集起来，要看什么就什么。

朋友笑我："那么至少要有一个放映师呀！"

当今这个梦想已不是不可能的。穷国家的小岛还是买得起的，至于电影，都已出了DVD，集中起来方便，更不必靠放映师了。

"寂寞起来怎么办？"友人又问。

"寂寞起来，用私人飞机把朋友接过来，再用飞机送他们走呀。"

朋友又笑："那么飞机师呢？"

"来了即刻走，不许停留在岛上。"我说。

近来这个想法有点改变，活到老学到老，我要自己学会怎么驾飞机。

"四人座的驾起来也不难。"友人承认。

谁说是四人座？要买的话，买架波音747。

"请的只是几个朋友，要那么大的来干什么？"友人问。

哼，哼！飞机当然愈大愈好了。那些所谓的富豪的小型喷射机有一个卧室就以为了不起，我要是有私人飞机，一定先建一个大厨房在中间。

我也不会忽视安全，弄个大排档式的明火炉子。依照规律，一切加热可矣。许多加热的食物比现煮的更好吃，像炖汤类和红烧类。

那么大的厨房，设有铁板烧总没有问题吧？买最好的神户三田牛肉，让友人围在铁板旁边进食，最多减少加XO白兰地燃火的过程。

大烤炉也是安全的，中间可以放只新疆羊进去，慢慢转，等到香味喷出，才请大家去吃。

　　摆个寿司档更方便，有这么多年的吃鱼生经验，已学会怎么捏饭团、切鱼片，卷一条太卷也拿手。

　　坐飞机，友人也许没有胃口，那么烧咖喱是最受欢迎的，不然来碗蔡家炒饭，最多借助无火煮食器，当今发明的热量也够用。

　　接住在荷兰的丁雄泉先生来的时候，先飞到中东的食材店进货，买些香肠。那里有一种香肠由鸡肠灌起，再灌鸭肠及鹅肠，一层层到羊肠和牛肠。丁先生喜欢吃，我记得。何乐不为呢？

　　"波音机上有没有卡拉OK？"有些朋友问。

　　那还不容易？迪斯科舞厅也有一间，卡拉OK算得了什么？不过我不会走进去，最讨厌人家唱卡拉OK了，让那些身材好，但没有什么头脑的女人去享受吧。

　　除了厨房，浴室也重要。先飞日本名古屋，吸大量的下吕温泉泉水，灌进机上的喷射泉中加热。灯光由池底打上，照到的裸女才更漂亮。

　　没有文化气息也不行，机内设有一张大紫檀的画桌，请书法家、画家友人雅集，叫头上结了两个圆髻的四个丫鬟磨墨捧纸，才有情调。

　　飞机遇到不稳定气流，绑安全带是一件姿态不美的事。不如设一张大床，被单塞进垫下，像韦小宝一样和几个女人大被同眠，也不会从中飞出。

还有，还有——

不实际！想得太多没有用。

包架飞机去内地玩倒是可行的。

从赤鱲角出发，先飞桂林，游山水，吃马肉米粉，住的都是当地最好的酒店。

再飞去看黄山。

到昆明之后，可去的地方更多，丽江呀，大理呀，去普洱喝普洱茶，也很过瘾。

接着飞丝绸之路，最后到新疆的大草原去，再直飞返港。

一个星期到十天，可以走遍内地值得去的地方，广州、上海和北京倒可以免了。

和友人商量过，这个方案行得通。从今开始设计行程，预订旅馆和餐厅，希望在三个月内组织好这一个旅行团。现在的飞机新型的很多，有经验的机师也有大把，安全第一，有顾虑的朋友大可不参加。到我们这个阶段的旅行者，多数已享尽人生，没有什么挂碍的了。

亏本生意没人做，这一个旅行团当然有收入，不过薄利罢了。不管多少，要做花钱专家，先得学会赚钱。

守和忍

步入老年，周围的人死得多，若非老友，不然尽量不去殡仪馆。

医院也不用去了，走廊中，电梯里，垂死病人挤得满满。

婚礼犹属纠缠事，食物一定非常恶劣，气氛虽然热闹，心中却孤寂。

应酬可免则免，山珍野味摆在眼前，美酒饮尽，不如家中白饭一碗。

四种交际，比较起来，吃喜酒还是最受不了。六时入席，主人热情招呼，转过头来，见高官上司，对你就不加理睬。

肚子一饿，已懂得不必客气，来碗水饺充饥。有四方城（指打麻将），也参加一份，但只限台湾牌。广东麻将最不公平，别人出铳，也要付钱。

好歹等至九时，以为有东西吃了，岂知新娘新郎互送高帽。肉麻当有趣，你听了喜欢，此厢作呕。

讲完了就没事？不那么便宜放过你，还要播放卡拉OK，开始高歌。

杀鸡那般哀鸣，还抓着麦克风不放，广东人有一句话，骂他们为舐麦怪。新郎唱完，新娘又唱，再来一曲合家欢。

最忍受不了的是来个酸书生家长，把女儿在外国留学时的来信念完一封又一封。做新娘的，也来首没有平仄、不做押韵的词句，做新诗诗人状，朗诵出来。

最初送现金，从五百至八百，后来钱愈加不算钱，变为一千两千了。虽视钱财为粪土，也觉心痛。

后来，学乖了。好彩练了一手书法，就写几个字奉送，心里才得到平衡。

写些什么？"百年好合"最方便，"白头偕老"有个"老"字，不太吉利。送到装裱店里，又得花数百一千，更不合算。

前几天到上海，看到有裱好的空白红对联，才数十元，买了几对。今后凡遇婚嫁，送上打油诗，对曰：

诺言一句守千岁，

婚纸半张忍终生。

秘方

返港，走过南货店，见有原状的臭豆腐出售。有一次买回家自己炸，整间屋的臭气，十天不清，还是作罢。

大豆真是美妙的植物，一见平平无奇，但含有大量的蛋白质、脂肪、糖、维生素B_1和B_2、矿物质等，还可以降胆固醇。

地球纬度差个两度，种出来的大豆种类就不同，世上有数不清的大豆种类。有人说大豆是穷人的牛肉，我认为比牛肉还更好吃呢。

九月左右的新鲜大豆叫枝豆，就那么连壳煮了，撒点盐，用来下酒，是友人对酌的宝贝。

到了十月中，田中的豆荚颜色已转褐，摇起来咚咚有声时还不够成熟，但果实颜色金黄，极美。收获期应该在十一月初，豆子没那么好看。

买十月的大豆，冷水浸一晚，第二天早上就可以放入搅拌机中打磨，当然要加点水。贪心的人水兑得太多，打出来的豆浆就稀了。

我的做法是用大量的豆，水下得越少越好，搅碎后用一片薄布隔着，挤出浓厚的汁，再煮沸它，就是一杯理想的豆浆。到时如果煮得太厚太浓，再加水也不迟。不明白为什么有人自制豆浆时，总觉得不够浓。

要令人觉得你做的豆浆与别人不同，还有一种偷鸡的做法，那就是用浓厚的北海道鲜奶来兑。大家喝完后，一定向你讨教制豆浆的秘方，你可以微笑不答。

剩下的豆渣，拿去炒出来吃，也是一碟很美味的菜。

朋友试了，翘起一边眉头问："怎么炒才炒出这个味道？"

其实很简单，把猪油渣也搅拌了，颜色和豆渣一样，混起来，谁也看不出。这时把刚炸好的猪油用大量的红葱片和大蒜蓉爆香，才下镬。用猛火，炸个十几秒，加鱼露，即成。

极品

到"镛记"去，和老板甘健成兄聊天，是一大乐事。

健成兄喜欢喝威士忌，我也是威士忌党，两人一干就一瓶。因为"镛记"以卖烧鹅出名，由大排档开始，到现在自己拥有一座大厦，健成兄念念不忘肥鹅，喝的威士忌是以鹅为标记，他亲热地叫为"雀仔牌"。

店里供应的山珍海味，是一般客人吃的，我们两人的下酒菜，却是一碟腐乳，两小块，一人一方格，慢慢欣赏。能把腐乳做得不咸，是很深的学问。

用筷子夹一点点，整方东西的二十分之一左右，放进口中。呀！那么香，那么滑，堪称天下极品。

一小口腐乳，一大口威士忌，你说一大瓶不一下子就喝完嘛。

再来一块吧，心中那么想，但说不出口。

这块腐乳是甘老先生专用的。健成兄的父亲八九十岁，还很健康，穿唐衫裤，你到店里去，还能见他老人家在巡场。

　　有位老师傅是甘老先生的好友，特别为他做的，一次也不过是一小瓶。

　　健成兄偷偷地拿出来宴客，我还能忍心多要一块吗？

　　大家听闻有那么神奇的东西，再三向健成兄暗示要试试看，他宁愿拿鲍参肚翅出来请人。再不然，送礼云子，也没献出腐乳来。

　　礼云子是小蟛蜞的膏。蟛蜞为宁波人和潮州人用来下粥的，只有一个铜板大小，取出其膏集合而成，够名贵吧！

　　但是，礼云子能以人力、物力取之，那方腐乳，则非艺术家制成不可，货稀物少，又是甘老先生所爱。人家常说从小孩子手中抢糖吃，这还情有可原。从老人家手中抢糖吃？罪过罪过，绝不可恕。

白光

　　都说过，每次出门，回家后翻阅旧报纸，总有一两个影坛故人逝世的消息。

　　这一回是白光，我从来不认为她美丽，但是说到女人味，灵秀跃于稿纸上。白光的歌留世的很多，《假正经》《等着你回来》《三年》等，年轻人也会唱。那种迷人的低音，只能用空前绝后来形容，蔡琴重唱也唱不出。

　　只见过白光几次。十多年前，香港一班有钱的上海人搞怀旧，特地请她来唱几首歌。这群人当然不像外国佬那样来一个起立敬礼，还一面吃东西，一面谈生意。席中夹几个老女人交头接耳："已经沙哑得听不进去了。"唉！

　　当时，很好奇地问爸爸："白光是怎么样的一个女人？"

　　家父和她一起旅行过几次，算是谈得来的人。老人家回答："一说话，大胆得不得了，很真，绝对不假。爆粗口骂人，也不觉她讨厌。"

　　后来在尖沙咀也遇见过她几次，每一回都互相打招呼。没有介绍，我不知道她怎么认出我，也许有朋友告诉她我是某某人的儿子。

　　如果我早生数十年，一定被这位前辈迷倒，我一直喜欢至情至性的女人。看白光少年的经历：十七岁时已和北京学生话剧团的教授订婚（*一说只有十五岁*）。恋爱失败后，考取公费赴日本东京女子大学艺术系留学，日语顶呱呱。一九四二年开始去上海演唱，并首次当《桃李争春》女主角。后来到香港拍片，成为最有名的女明星，有"一代妖姬"之称。

　　一九五三年嫁了美国飞行员，她干脆叫自己老公为"白毛"。共赴东京，开夜总会，主演东宝的《恋爱蓝灯》。离婚后返港拍片，并当导演，拍了《鲜牡丹》和《接财神》。

　　这么神奇的一生，所遇男人无数，歌词中的"假惺惺，假惺惺，做人何必假惺惺"，正是针针见肉地击中男人的要害，佩服得五体投地。

离去

　　提起桂治洪，也许你一点印象也没有。在香港影坛，或许也没有人记得。

　　不过，在马来观众的心目中，大家都知道有部叫*Sayang Anaku Sayang*（《爱·吾爱》）的电影，至今还是卖座最高纪录的保持者，导演就是桂治洪，由我监制。

　　桂治洪和我，算是最亲密的战友。

　　他在一九六五年被邵氏派去日本的松竹大船片厂受训，当时他是副导演，我是邵氏公司日本分社的经理。桂治洪比我大三岁，但我一直当他是弟弟照顾。

　　返港后，他是最红的副导演，中平康、井上梅次都争取用他。

　　资格最老、最受日本影坛尊敬的还是岛耕二导演，来香港拍戏，化名为史马山，所导的《海外情歌》由陈厚主演。

　　陈厚患了癌症，中途去世，换上金峰当男主角，所有戏重拍。岛耕二的合约已满，由桂治洪代替，成为他第一部正式当导演的戏。

接下来的《成记茶楼》《大哥成》和一连串的《香港奇案》，有成为新写实主义派的趋向，是又叫好又叫座的戏。

那部马来电影成功之后，我们又南下去拍马来功夫片，用一个风景优美的小岛当背景，今天已是著名度假胜地，当年很原始，卫生设备不佳。

我们这些酒鬼没事，桂治洪得了肝炎。

返港后，带桂导演去看我那些酒肉朋友的医生。医生问："桂导演，你抽烟？"导演摇头。医生问："桂导演，你喝酒？"导演摇头。医生问："桂导演，你除了太太之外，有没有女朋友？"导演摇头。医生说："桂导演，你还是去死吧。"

这笑话是我讲来骂他的。桂导演当然没死，多活了几十年。在一九九九年十月一日国庆那天，才离我们而去。

懂得认输

"你去了那么多趟日本，不厌吗？"

"不厌。"我回答，"因为日本很干净。"

"清洁会那么吸引人吗？"

　　"当然。如果你和其他地方一比较，就会更欣赏日本的好处，他们的鱼生放胆吃好了，他们的榻榻米让你睡得安心。"

　　"最喜欢他们的什么物品？"

　　"射水的冲厕。你用惯了，就知道它的好处。"

　　"你这个人真怪！"

　　"不怪。我正常，你怪。"

　　"还有呢？"

　　"我三更半夜在街上散步，自由自在。"

　　"有很多警察吧？"

　　"日本警察不常见。看到了，也多是用来问路的。"

　　"最不喜欢他们的是什么？"

　　"好战分子，剪了个平头短发，参加柔道俱乐部的那种人。还有坚持参拜靖国神社的阴险政客。"

　　"没有遇过他们歧视你的眼光吗？"

　　"别人我不敢说，我自己没有这种经验。有时候问他们问题，对方摇头走开，那是因为他们不懂得外语，很怕事，很自卑。"

　　"你真的认为日本人会自卑吗？"

　　"不过他们自卑得正常，不像有些人一自卑，就变成自大。你只要比他们有本事，他们就折服。我在《料理的铁人》中当评审，批评中肯，他们相信我，所以我在饮食界吃得开，这次来拍特辑，全程由政府赞助。总结一句，日本人是一个懂得认输的民族。"

寓工作于娱乐

区乐民设计旅游路线，问我意见，其实是半开玩笑。好，就陪他作乐一番。谈谈他的计划。

登东龙洲的卖点固佳，但区乐民始终不是旅行家，发挥不了他的长处。

既是医生，最好是做全港公立医院一日或二日三日游，给团友介绍医院的设备，有什么最好的医生，专医哪一种病，等等，一定有大把人参加。最怕的是本来没病，看完医院忧郁起来，大病一场。不过有区乐民在，可以免费治疗。

这种团并不限于本地，可推广到中国台湾和印度去，当今此二地的医学先进，医院又愈开愈高级，收费极为便宜，是好去处。

随团的最好有几位俏护士，男人都有被穿制服的女郎照顾的幻想，虽然做不到，参加了区乐民的旅行团，过过瘾也好。

泰国也是一个重点，普通团都是吃喝玩乐罢了，区乐民办的团可以解决生育问题。那边有很多著名的医生专做人工受孕，放一粒精子生一个。要孪生吗？容易，放两粒好了。我有一个好友的儿子是这一门的专家，可以介绍给区乐民。

当然有的搞。区乐民要办的医院团将会很成功，问题在于怎么对外宣传有这回事。很多朋友都有新主意，但实现不了，完全是因为不够费用。不宣传没人买，宣传了又赚不回来，是一个恶性循环。

我每次看到报纸杂志上的旅行团广告，心想不知占了团费多少巴仙。什么旅行团都好，丰俭由人，最重要的是给客人物有所值的感觉。我的旅行团极少在这方面花钱宣传，将广告费全部投在客人身上，他们参加了，认为物有所值，做的都是回头客的生意。道理就是那么简单。

陪区乐民玩，又自我宣传，这才叫寓工作于娱乐。

快乐

饭后，车上，倪匡兄说："前几天看你写亦舒，把我笑死了。"

"她最近老爱提到男人的体毛嘛，你也注意到了？"我说，"我们做男人的，还不知道有这个宝。"

"是呀，正如你所说：无毛不欢。"

"亦舒的书,和你老兄的一样,一拿上手就放不下来。"

"唔,本本都好看。"倪匡兄说。

"比较起来,最闷的是那本叫《少年不愁》的,在《明周》连载过,讲一对母女在加拿大的生活。"

"好像没看过。"倪匡兄说,"是不是自传性地描写亦舒和女儿的事?"

"有点影子,但全属虚构,女主角的母亲和父亲离了婚,现实生活中并非如此。"

"故事说些什么?"

"没有情节,只是一些片段。当然有母亲爱上一个更年轻男人的幻想。女儿在大学时也开始拍拖(粤语方言,恋爱)了。"

倪匡兄叹气:"唉,怪不得了。我住旧金山十三年,已闷出病来。加拿大是比旧金山更闷的地方,就算亦舒这个说故事的高手,一提到那边的事,不闷也得闷。"

"金句还是不少的,像'没有人会对另一个人百分百坦白。那爱侣呢?更无必要,眼前快乐最要紧'等等。讲到女人怕老,亦舒说:'不知如何,女人至为怕老,可能是因为年轻美貌时多异性眷恋,解决了现实与精神生活,年老色衰,便孤独凄清,门庭冷落,所以怕老。'"

"她有没有提到自己快不快乐?"倪匡兄问。

我笑笑说:"书上可以找到一些蛛丝马迹,文中妈妈说:

'我快乐，太多人抱怨他们不快乐，我懂自处，也会自得其乐，我要求不高，少女时愿望，已全部实现，又拥有你这般懂事女儿，我承认我快乐。'"

国际礼貌

报上一则消息，说继女星蜡像惨遭游客"咸猪手"（**粤语俚语，意为非礼、性骚扰**）后，广州三名九〇后男子连公园雕塑也不放过，他们在与一个女雕塑合照时，有人将手放在它的胸部，拍成短片，短短三日之中吸引十三万人观看。

网民纷纷批评他们侮辱了艺术，侮辱了中华传统文化，更侮辱了他们本身的人格。

家丑不外扬，最好出尽力量把这件事忘掉，但忘不了的是去了意大利的朱丽叶故居，女主角的铜像也照样给我们伟大的同胞摸胸，而且人数之多，把青铜摸得发亮呢。这才是国辱呀！

国人出外旅行，丑态百出，最常见的是当他们在餐厅吃饭的时候，不管男女，总发出大声的喧哗，外国人认为这是最没有礼貌的，为之侧目。

但国人以为理所当然，不当成一回事。我们不指出的话，这个毛病必然加深。父母也不会教导子女，一辈传一辈，这将会变成洋人看轻中国人的一大现象，千万必须戒之。

不排队、随地吐痰、当众挖鼻孔等等，毛病只会愈出愈多。虽说老子有大把钱，你们要赚我的，只有忍受，但这种行为影响到你我的形象，不能坐视不理。

公民教育最重要，学好外语之前，我们得先守国际礼貌，最好是由这次上海的世博会开始，给外国人一个好印象。

那三个无耻男人被广大网民谴责，说他们低级趣味，行为是道德沦丧的表现，没有教养，没有素质。这代表还有很多懂得自爱的中国人。

此则消息还没读完，已有日本温泉老板投诉中国男游客以色眯眯的眼光看混浴的女方。原来不出声也会犯贱的。今后，在公共交通工具中大声用手机、购物争先恐后等坏习惯更会一再出现，日本人有的受。

说起他们，吃面时稀里呼噜，但到了意大利，吃意粉时也不敢发出声音，人家日本人懂得尊重国际礼貌。

不玩

各位看到了倪匡兄的告别，也知道发生了怎么一回事。之前，他也给过我一封信，抄录如下：

　　蔡样：

　　　过年前一病，方知岁月不饶人，精神气三者俱弱，本来等闲事，竟成不能胜任之负担。无可奈何，只有把"租界"交还，吾兄必能谅我。

　　　多年来承蒙照顾，铭感五中，竟不知如何言谢。不好意思当面请辞，只好以信代言。

　　　已有稿件可以用到五月底，附上最后一篇，多少说明一些无以为继的缘由，真的很谢谢。

　　　　　　　　　　　　　　　　　　　　　　　　倪匡

　　可惜他已学会用九方输入法打字，稿件用电邮传来。不然，嘿嘿，把原稿裱好拿去小店"一乐也"卖，可索高价，作为慈善。

　　其实要感谢的是我，这些日子以来，多得倪匡兄协助，才松一口气。我也与他一样，精神气三者俱弱矣。

　　不过请各位爱戴倪匡兄的读者放心，日前遇见了他，还是龙精虎猛的，大吞金枪鱼数客（数份），面不改色。

　　但是近来他总是唉声叹气，说周身是病，又曾作诗记事。他说打油诗最好改现成的，字数改得愈少愈好，诗也改自李商隐

人总得向自然学习。

小时，最大的乐趣是等待星期天。

谁说玩物丧志？玩物养志才对！

生活充实，人就有信心。

人类的动作，愈来愈粗鲁，

但是在语言上，却被强迫用斯文字眼。

人老心不老。

至少要守回自己的本分呀。

人性一美，人就美。

还是随遇而安，一天过一天吧。

学做妙人
Be an Intelligent Person

我们做人，总是忘记自己年轻过。

把悲和喜放在天平上，
我们被悲哀玩弄得太尽！

今天比昨天快乐，明天又要比今天充实。

一直觉得人与人之间，应该有一份互相的尊敬。

老了之后粗茶淡饭，反而对健康有益。

人活到老了，就学会看人。

人生已进入另一个阶段，求平淡了。

的："相见时难别亦难，东风无力百花残。春蚕到死丝方尽，蜡炬成灰泪始干。"

倪匡兄的是："坐下时难起亦难，全身无力四肢残。×××××××，蜡炬成灰裤始干。"

第三句他想不到，要我代作。我问道："春袋到枯精方尽，如何？"

哈哈哈哈，他大笑四声，接着说："人之将亡，其言亦善。我最近向我老婆告白：'谢谢你照顾一生，下世再还。'我的广东话不正，她听成'下世再玩'，连忙摆动双手，大叫：'不玩，不玩！'"

众人听完，笑到掉地。

谈吃

发现顺德人和法国人有一个共同点，那就是大家都喜谈吃。

"我妈妈做的鱼皮饺才是最好吃的。"顺德朋友都向我这么说。

"啊，普罗旺斯，"法国朋友说，"那才是真正的法国。那边的菜，才像菜。"

其实东莞的菜也不错，东莞人默默耕耘，不太出声罢了。意大利人和西班牙人也很会吃，他们认为食物和性一样，不必太过公开。

还是很佩服顺德人，见过他们的厨子的刀章，把一节节的排骨斩得大小都一样，炒也炒得汁都收干，可真不容易。

我们一直以中国菜自大，但法国菜实在也有它们的道理，把鹅颈的骨头拆掉，酿进鹅肝酱的手艺，不逊中国厨子的花巧。

顺德人和法国人不停告诉你吃过什么什么好菜，怎么怎么煮法，味道如何又如何，听得令人神往，恨死自己不是在那些地方出生。

比法国人好的，是顺德人自吹自擂之余，并不看低其他地方的菜肴。法国人不同，他们一谈起酒菜，鼻子就抬得愈来愈高。

我告诉一个法国朋友："我去意大利的托斯卡纳地区，他们的红酒也不错。"

"是吗？"法国朋友翘起一边眉毛，"意大利也有红酒吗？"

不过，这都是住在大都会的人，才那么市侩气，乡下的还是纯朴，不那么嚣张。

在南部小镇散步，见到的人都会向你打招呼，还自说"Good morning""Good evening"，不像人家所说，你用英语，他们不回答你。

喜欢谈吃的人，生活条件一定好，物产也丰富，但钱也不存留很多，没有那种必要嘛。大城市的暴发户才穷凶极恶地猛吞鲍参肚翅、鱼子酱或黑菌白菌。悠闲的人，聊来聊去，最多是妈妈做的鱼皮饺罢了。

谈喝

"从前再多三瓶白兰地，也醉不了我！"有人说。

这种想当年的事，最好不开口，讲出来就给人家笑。你当年我没看过，怎么知道？

"来来来，干一杯！"

遇到有人劝酒，高兴就喝，不高兴就别喝，管他的。

"内地人才不吃这一套，千万别让他们知道你能喝，不然一定灌到你醉为止。假装不会喝最好，说自己有病也行。"友人说。

假的事做来干什么？能喝多少是多少。不能再喝了，对方也不至于那么野蛮来逼你。

"你不了解，和他们做生意一定要喝醉，我上一次和他们干了五瓶五粮液，才接了三万订单回来。"友人又说。

喝坏了身体，净赚三万又如何？

闹酒的心理，完全来自好胜，认输不是那么难接受。第一次认输，第二次面皮就厚了。

喝酒的人，从来不必自夸酒量好。

而什么叫喝酒的人呢？

那就是每喝一口，都感觉到酒的美妙。喝到没有味道还追喝，就不是喝酒的人，是被酒喝的人。

大醉和微醺是不同的，前者天旋地转，连黄胆汁都呕吐出来，比死还要难过；后者心情愉快，身体舒服到极点。

大叫"我没醉，我没醉"的人，一定是醉了，不让他们喝，先跪地乞酒，接着恐吓你没朋友做。这种人，已经酒精中毒。

我一位叫周比利的朋友，就是这种被酒喝的人。他长得高大，又相当英俊，年轻时当国泰的空中少爷，后来做到主管。

前几天听到他逝世的消息，心中难过，现在想起，写这篇东西。

愿你我，都做喝酒的人。

笋

走过南货店，见冬笋，非常新鲜肥美。

"怎么做？"向店里的人请教，是学习烹调的基本。

“切丝，和腊肉、百叶煮汤呀！要不然，做烤麸。上海人这个时候最爱用它来做油焖笋。”他回答。

“做腌笃鲜不是要用干笋尖吗？”我问。

“笋尖是春天的，一长出来就割了。春笋又是另外一个味道，特点是又长又尖。”

“夏天呢？夏天的笋又是怎么一个样子？”我好奇地追问。

“夏天飙出来的，都是一些大型的笋。有些很苦，又带刺激喉咙的感觉，所以有的是晒成大笋干，像台湾人喜欢吃的那种。有些腌得酸溜溜的，加辣椒油。”他指着架上的玻璃瓶，“会吃上瘾的。”

“台湾有种鲜竹笋，甜得像水果，又爽又脆，煮熟后等凉了，蘸着沙律（粤语方言，沙拉）酱吃，但是我喜欢蘸豉油膏和大蒜蓉，百吃不厌。”

“这种卖价贵得要命，我们也进过货，很少客人会出那么高的价钱去买。其实福建也有这种笋，就没那么贵。台湾人吃的东西，很多是福建传去的。”

“秋天呢？有没有秋笋？”

“很奇怪，秋天不长。”

“但是一年四季都有卖的呀！”我说。

“那是南洋笋，像泰国的天气，一年从头到尾都能长出来。不过有些笋不能就那么吃，还要用硫黄浸。”

"硫黄？我倒是第一次听到。"我说。

"中国人什么方法都想尽了，外国人做梦也没想到。"

"应该是最代表东方人的食物了。"我说。

大家都同意这个说法。

学老兰

新居的楼下长着几株白兰，足四层楼高，比我在天台种的那三株大百倍。

经过时不仔细看，不知道是白兰，因为它只剩下叶子，看不到花，却有一股幽香，从何处来？

大概是长成的过程中起的变化。低处生花，顽童一定来干扰；全树开遍，则会引小贩前来采折。

白兰树的花，只让站在高处的人看见。

花生顶上，像长者的白发。

树干之大，根部之强，占路边一席。

这棵白兰已不能连根拔起，移植他乡。

时代进步，道路扩阔的话，只可将它砍伐。

不然，老兰站在一旁，静观一切的变化。但愿人老了，像这一棵白兰。

老，必须老得庄严。

老，一定要老得干净。

老，要老得清香。

是否名牌已不重要，但天天洗濯烫直。衣着整洁是对别人的一种尊敬，也是对自己的尊敬。

皱纹是自傲，但须根应该刮净，做一个美髯公亦可，每天的整理，更花费工夫。

修指甲，剪鼻毛，头皮屑是大忌。

最主要的，还是要像白兰那么香。

香不只是一种嗅觉，香代表不俗气。

切莫笑人老，自有报应。

人生必经之路，迟早到来。等它来临时，不如做好准备，享受它的宁静。

他人言论，已渐觉浅薄无聊，自己更不能老提当年勇，老故事亦不可重复。

最好是默默然地把趣事记下，琴棋书画任选一种当嗜好，积极钻研，成为专家。不然养鱼种木，不管它们的出处，亦是乐事。

人总得向自然学习，最好临终之前，发出花香。

绝倒

很多人以为我身边常有美女相伴，乐事也。其实有些美女不化妆，吓死人的。

不知怎样，她们总会变得脸色又黄又绿，别以为我在夸张，的确是青青的。

眉毛又不知道什么时候剃得短短，或者拔了一截，剩下两点，有点像日本古装片中的扮相。张开嘴，不知是否满口黑齿？

一起工作的美女，有些是别人安排，并非自选，到了飞机场才第一次见面。

左等右等，终于一个女子出现，怎么看都不像明星，一定是保姆了，上前打招呼："你是不是某某人的……"

好在对方听到一半，已经点头，高兴地说："我就是某某人，你一看就认出我了！"

不过相貌还是其次，和这些女子聊聊天之后，还觉得很容易相处，越看越顺眼了。最难消受的是全无反应的女人。

跟我们到国外出外景的一个，六天之中，除了工作，整日躲在房里不出来。

"为什么不去购物？"我们问。

"这种地方能买到什么？"她说，"香港的货比它们的都齐全。"

说得也是，再问道："为什么不去酒店的健身房做做运动？"

"那些机械落后得很，做了扭到腰也说不定。"她又说。

"出去找东西吃呀！"我们差点放弃了。

"减肥。"她回答得干脆。

"这么多天，在房间里不闷吗？"

"不闷。"她说，"有书看呀。"

众人即刻肃然起敬。但是能迷得那么厉害的，也不会是《红楼梦》吧，那么一定是金庸小说了。"看哪一本？《射雕英雄传》？《鹿鼎记》？"

她懒洋洋地说："带了两本《老夫子》，还没看完。"

吃的讲义

有个聚会要我去演讲，指定要一篇讲义，主题说吃。我一向没有稿就上台，正感麻烦，后来想想，也好，作一篇，今后再有人邀请，就把稿交上，由旁人去念。

女士们、先生们：

吃是一种很个人化的行为。

什么东西最好吃？

妈妈的菜最好吃，这是肯定的。

你从小吃过什么，这个印象就深深地烙在你脑海里，永远是最好的，也永远是找不回来的。

老家前面有棵树，好大。长大了再回去看，不是那么高嘛，道理是一样的。

当然，目前的食物已是人工培养，也有关系。

怎么难吃也好，东方人去外国旅行，西餐一个礼拜吃下来，也想去一间蹩脚的中菜厅吃碗白饭。洋人来到我们这里，每天鲍参翅肚，最后还是发现他们躲在快餐店啃面包。

有时，我们吃的不是食物，是一种习惯，也是一种乡愁。

一个人懂不懂得吃，也是天生的。遗传基因决定了他们对吃没有什么兴趣的话，那么一切只是养活他们的饲料。我见过一对夫妇，每天以方便面为生。

喜欢吃东西的人，基本上都有一种好奇心，什么都想试试看，慢慢地，就变成一个懂得欣赏食物的人。

对食物的喜恶大家都不一样，但是不想吃的东西，你试过了没有？好吃，不好吃，试过之后才有资格判断。没吃过，你怎知道不好吃？

吃也是一种学问。

这句话太辣，说了，很抽象。

爱看书的人，除了《三国演义》《水浒传》和《红楼梦》，也会接触希腊的神话、拜伦的诗、莎士比亚的戏剧。

我们喜欢吃东西的人，当然也须尝遍亚洲、欧洲和非洲的佳肴。

吃的文化，是交朋友最好的武器。

你和宁波人谈起蟹糊、黄泥螺、臭冬瓜，他们大为兴奋。你和香港人讲到云吞面，他们一定知道哪一档的最好吃。你和台湾人的话题，也离不开蚵仔（闽语方言，牡蛎）面线、卤肉饭和贡丸。

顺德人最爱谈吃了。你和他们一聊，不管天南地北，都扯到食物上面，说什么他们妈妈做的鱼皮饺天下最好。政府派了一个干部到顺德去，顺德人和他讲吃，他一提政治，顺德人又说鱼皮饺，最后干部也变成了老饕。

全世界的东西都给你尝遍了，哪一种最好吃？

笑话。怎么尝得遍？看地图，那么多的小镇，再做三辈子的人，也没办法走完。有些菜名，听都没听过。

对于这种问题，我多数回答："和女朋友吃的东西最好吃。"

的确，伴侣很重要。心情也影响一切。身体状况更能决定眼前的美食吞不吞得下去。和女朋友吃的最好，绝对不是敷衍。

谈到吃，离不开喝。喝，同样是很个人化的。北方人所好的白酒、二锅头、五粮液之类，那股味道，喝了藏在身体中久久不散。他们说什么白兰地、威士忌都比不上，我就最怕了。

洋人爱的餐酒，我只懂得一点皮毛，反正好与坏，凭自己的感觉，绝对别去扮专家。一扮，迟早露出马脚。

应该是绍兴酒最好喝，刚刚从绍兴回来，在街边喝到一瓶八块人民币的"太雕"，远好过什么八年、十年、三十年的。但是最好最好的还是香港天香楼的。好在哪里？好在他们懂得把老的酒和新的酒调配，这种技术内地还学不到，尽管老的绍兴酒他们多的是。

我帮忙让法国最著名的红酒厂厂主去试天香楼的绍兴酒，他们喝完，惊叹东方也有那么醇的酒。这都是他们从前没喝过之故。

老店能生存下去，一定有它们的道理。西方的一些食材铺子，如果经过了，非进去买些东西不可。

像米兰的IL Salumaio的香肠和橄榄油，巴黎的Fanchon面包和鹅肝酱，伦敦的Fortnum&Mason果酱和红茶，布鲁塞尔Godiva的朱古力，等等。

鱼子酱还是伊朗的比俄国的好，因为抓到一条鲟鱼，要在二十分钟之内打开肚子取出鱼子。上盐，太多了过咸，少了会坏，这种技术也只剩下伊朗的几位老匠人会做。

但也不一定是最贵的食物最好吃，豆芽炒豆卜，还是很高的境界。意大利人也许说是一块薄饼，我在那不勒斯也试过，上面什么材料也没有，只有一点番茄酱和芝士，真是好吃得要命。

有些东西，还是从最难吃变为最好吃的，像日本的所谓什么中华料理的韭菜炒猪肝，当年认为是咽不下去的东西，当今回到东京，常去找来吃。

我喜欢吃，但嘴绝不刁。如果多走几步可以找到更好的，我当然肯花这些工夫。附近有家藐视客人胃口的快餐店，那么我宁愿这一顿不吃，也饿不死我。

你真会吃东西！友人说。

不。我不懂得吃，我只会比较。有些餐厅老板逼我赞美他们的食物，我只能说："我吃过更好的。"

但是，我所谓的"更好"，真正的老饕看在眼里，笑我旁无人也。

谢谢大家。

天下美味

养殖海鱼不只在日本发生，中国香港也盛行，一般是在海中建一个鱼栏。养大的鱼，味道当然比野生的逊色许多。

但海中养鱼，一遇天然灾难，损失就大，最安全的还是搬进屋里。什么？有没有开玩笑？

不不，我参观过一个养殖场，竟然躲在工业区的大厦之中，一个个的大型水槽布满整层楼，养着无数的石斑。

虽然只有手掌那么大，但是一般海鲜餐厅中的什么什么套餐，用的都是这些货色。反正石斑的肉硬得不得了，养得没有那么结实，更有吃头。

在菜市场中看到的鱼，也多数是养的。什么黄脚鱲、黄花鱼等等，哪有什么野生的，都给人类吃得濒临绝种。最可怕的还有一种叫多宝的比目鱼，用个透明长方盒子，一尾叠一尾，简直像堆图书了。

还是河鱼或池鱼等淡水鱼可口，人类已养殖多年，得到智慧，知道用什么饲料最佳。珠江三角洲的鲫鱼、鲮鱼、鲇鱼等，肥胖起来，绝对吃得过。

香港的养鱼场生产的乌头，要是池子肯勤力挖的话，一点泥味也没有。近来已在水泥池中养，更没有这种毛病，渔护署（香港渔农自然护理署）协助市场推广，养出所谓的"优质鱼"来。

更进一步，在鱼塘中养有机淡水鱼，饲料用豆腐渣和黄豆粉，养的多数是鲩鱼和乌头。

有机食物宣扬为食得健康，油脂较少，但和其他有机蔬菜一样，不好吃。河鲜最注重的就是肥了，没有脂肪的鱼，怎咽得下？

吃鱼专家倪匡兄，一遇到劣质或者养殖的鱼，吞下后即刻吐出，说："满口是渣！"

海鱼一养，鲜味尽失，但对于从来也不知道野生鱼的年轻人，还是没有区别。再过数十年，海鲜不停被污染，鱼会死光，全靠养殖，那时即使是老饕，一有鱼吃，也要喊"天下美味"了。

买菜的艺术

广东道和奶路臣街之间的旺角市集是我最喜欢去的一个菜市场。

不要误会，我指的并不是政府建的那座菜市场，而是街上和路旁的小店铺及档摊。它们有个性，摆到道路中央，警察每天来抓，等他们走后，小贩摆满货物，大做其生意。

买菜是一种艺术，和烹饪是呼应的。好厨子不规定今晚要炒些什么，看当天有什么新鲜或新奇的材料，就弄什么菜。

当然，无可选择的酒楼师傅又另当别论。而且，菜色一商业化，就失去了私人的格调和热爱，也是极可悲之事。

怎么样能买到好材料呢？以什么标准评定它的佳劣？

这都要靠经验和爱好，没的教。

像一个当铺学徒，他不是一生下来就会鉴定一件东西的好坏和价值，必要多看，多吃亏，最后才能成为高手。

到菜市场去逛一圈，就像去了字画铺，像进了一个古董拍卖场，必须从容不迫，悠闲地选择。

最贵的材料并不一定是最好的。比方说猪肉吧，猪排、梅肉条等部分价高，但是一头猪最好吃的部位包围在肺部外层，俗称"猪肺捆"。这里的肉纤维短而幼细，又略带肥肉和软骨，味浓而香，是上上肉，也是价钱最低微的肉。炒、红烧等皆可，滚汤更是一流。

煮完捞出来切片，蘸浓酱油和大蒜蓉，美味无比，试试就知。如遇新鲜者，择而购之，肉贩都会称赞你。

在市场游荡之间，忽然，你的眼睛会一亮，因为你看到一种新鲜得发光的材料，在你的脑中即刻计算要以什么菜去陪衬它后，便要狠狠下手去买，贵一点也不成问题。

菜市场的菜，贵极有限，少打一场麻将，少输几场马，已经足够你买任何一样东西。

逛菜市场是最享受的时候，有如追求女人。等到下手去买，便等于上了床。

舒服食物

到了吉隆坡，入住Ritz-Carlton，酒店分两栋，一是客房，另外一栋是供长期居客的公寓，我在后者下榻，较像住宅，很闲适。

要消夜，可走到酒店后巷的咖啡店，那里有档云吞面，还有家卖槟城炒粿条的，更是精彩。粿条就是河粉，但比河粉薄，下的料又多得很，翻一翻来看，有血蚶、腊肠片、鸡蛋和豆芽等等。隐藏在里面的，还有菜脯和猪油渣。

睡了一夜，翌日一大早起身，沏杯浓得像墨汁的普洱清清肠胃，就到外面散步。

过了几条街，就是Imbi Road了。角落有家叫"兴城"的咖啡店，早晨六点多已开始营业。先到各个档口巡视一下，顺便点菜。

卖米粉汤的，一大碗，上面铺着香肠和鱼丸，还有大量的卤肉碎，作料溶入汤中，先喝完，再慢慢欣赏米粉。

另外又来一碟干捞云吞面，汤另上，里面有几个鱼皮饺，面中夹着叉烧，淋上浓酱油，黑漆漆的，但一入口就知厉害，好吃无比。马来西亚的云吞面和中国香港的完全不一样，各有所长，但是二者有共同点，就是没有猪油不行。

英文中有个词，叫"Comfort Food"，是吃得舒服的意思。的确，我最喜欢，它很基本，滋味地道，在家里做不出，外食时最为美味。山珍野味和鲍参肚翅，遇到了都要走开一边，舒服食物是百食不厌的。

舒服食物各地不同，你是什么地方的人，就吃什么东西，像法国人的羊角包，英国人的青瓜三明治，俄国人的罗宋汤。

互相吃不惯，他们看到我们把黑漆漆的面吃得津津有味，皱起眉头；我们见到他们啃汉堡包，也觉得为什么如此寒酸。

舒服食物的定义，在于从小吃到大的东西，绝对是过瘾的。英文中只以舒服来说明，在中国人心里，舒服食物代表了亲情、温馨、幸福和无穷的回忆，万岁，万万岁！

尊重

新年去得最多的是日本，办的是最豪华的行程，入住帝国酒店，放下行李就到银座逛街。晚餐在一家最别致的食肆吃铁板烧，叫"黑泽"。

翌日，乘车出发，到长野县，走了一个多钟头，在休息站停下，大家又购物，又买小吃。再往前走一小时，在诹访湖畔吃野生的鳗鱼饭。

饱了，在车上小睡，醒来到了乡下的"吉之岛"大型百货商场，众人又大包小包买个不亦乐乎。又坐了一会儿车，进入深山，一路白茫茫，树枝都结冰，似钻石般闪亮，就到了"明神馆"。这是一家非常精致的小旅馆，大家都惊叹它的美丽，那顿晚饭也令人念念不忘。

第二间旅馆叫"仙寿庵"，我在节目中介绍过，是我认为日本最好的一家，每间房都有私家露天浴池。大家一起过年，酒不停供应，非常热闹。

到了第四天，折回东京，乘子弹火车，一个多钟头就抵达，行李请车子载，轻轻松松。第一次参加旅行团的团友问："为什么不坐原车回去？省一点钱呀。"

"可以节省时间购物。"答案是简单的，"更重要。"

晚上吃香港吃不到的中华料理，因为试日本菜已有点怕。第五天到筑地去买海鲜或干货水果等当手信（指外出旅游给亲友带回的礼物），就到机场去。第二团跟着到达，我和大家走同样的路再去一次。

"为什么不把两团拼在一起？"又有人问。

"仙寿庵那家旅馆只有十八间房，团友多，只能分两次。"我说。

"你不觉得辛苦和厌倦吗？"

不觉得，我心中说，太操劳的事我已不会做。况且，第一团去过的地方，第二团重访，店主即当我老爷拜。

怪不得那位第一次参加的团友说："最过瘾的是跟你去到哪里，都得到人家的尊重。"

玩物养志

返港后，患感冒，看来是时候休息了。但，我是一个停不下来的人，正好利用这时间玩微博，吃完睡，睡完吃。

回答一群来自各地方的人的问题，新浪微博给他们安上"粉丝"的名字，我并不喜欢这个称呼，宁愿用回读者，或者新一点，叫为网友。

答案有时在书桌上，有时在电视机前，有时在床上写。iPad就是有这个好处，因为它是史蒂夫·乔布斯在病榻上构思出来的。

父母教的，凡事要做，就得尽量做得最好。我不敢说我的微博最受欢迎，但至少，我是回答得最勤力的。因为在这期间可以日夜上网，读者的所有疑难，不管大小，一一满足各人要求。微博有一个术语，叫作"刷屏"，网友一打开网站，看到的都是我的答案，就说每天被我刷屏了。

我用电脑，最大的苦恼在于不会以中文输入。曾经学过不少方法，除了手写，都失败。但手写，缺点有：一、速度慢；二、有些字，计算机认不出；三、iPad并不支持繁体字。

回复微博的这几天，我日夜锻炼，已经克服了以上难题。

一、写惯了，就快。二、计算机认不出的字，用最愚蠢的方法，先在iPhone上下载"拼音字典"，一个个查，像"喜"是xi，"欢"是huan。久而久之，便记得。最后只要打"xh"，就跑出来"喜欢"二字，更敏捷。三、简体字也学会了，加上联想功能，愈写愈快。

答得多，在微博上关注我的人随之增加，当今已十二万，我将挑选一堆精简的聚集成书。内地的简体字版销路逐渐转好，已很少有盗版了，带来一些额外的收入。

这也呼应了我给年轻人的婆妈语：一切都要用功得来，并无他途。

今后在iPad上撰稿了，不必受传真之苦，去到哪里，写到哪里，一按键，电邮发到编辑部。

谁说玩物丧志？玩物养志才对！

玩具

东京的一家玩具百货公司一共有八层，世界上的玩具应有尽有，小孩子们走进去，一定走不出来，大人也一样。

五合体、十合体到五十合体的凶猛机械人，坦克车、航空母舰的模型，各种刀、剑、手枪、机关枪和大炮，盔甲和战袍，甚至有防弹衣，差不多没有一样和打打杀杀无关。

我们当小孩的时候，玩具也是打打杀杀的东西，但是大多数是自己动手去做。

印象最深的是叫"饿利"的石弹子，外国小孩以单手弹，我们是用双手。左手抓着鹌鹑蛋大小的圆弹，伸出右手的中指钩着石弹，瞄准对方的弹子，大力弹出，将之击开。或者，在泥地上挖个小洞，看谁能在六七英尺距离外将弹子滚入洞里。坏弹子常被打破，好的光光滑滑，石质极佳。一人总有两个心爱的，装在裤子的口袋里，走起路来叽叽咯咯相碰，永不离身。

母亲缝衣机上的木线轴是很普通的玩具原料。将木心两端的圆轮以小刀切成齿形，左边用半支火柴棒顶着，绑以一树胶圈，右边将由洞里伸过来的胶圈捆在一支筷子上，再转动筷子，到了弹性饱满时放在地上，手一松，那木轴便自动冲上前去。这就是我们最现代化的坦克车。

被遗弃在垃圾堆的木箱子，用处更广。拆出木板，以小刀将它削成手枪形。两条树胶圈绑在枪头，另两条拉在后面备用，再于枪后做一扣针（原料也是小木块和树胶圈）。最后爬上树采几十个未熟的印度樱桃子当子弹。将弹弓拉好，手指一按，青硬的种子飞出，可以将女孩子打跑。

遇见邻座的小孩呆住，我便会将吃完的荔枝核子用小刀切成上下两边，再以牙签插入下半的核中，用双指一搓，核子拼命地转。小孩大为高兴，抢着去玩，玩后自己模仿做一个。

目前的教育制度已经把小孩们压迫得脸部发青，小四眼佬一个个出现。今后一定变本加厉。市面上玩具虽多，总有一天，小孩子们已经没有余闲。到那时，玩具厂倒闭，我将写一本图书，教他们做自己的玩具。

长命

每年新春时节，我人都不在香港，从来没有向查先生或倪匡兄拜过年。之后的聚会，话题当然回到做过些什么。

过年前，倪匡兄的一位故交打电话来抱怨一番，也不知道怎么安慰，想不到在初三，人就走了。

这人女婿通知了倪匡兄，他听了哈哈大笑："那不是好嘛。"

"好什么好？"对方差点翻脸。

倪匡兄一本正经说："你岳父整天唉声叹气，早走好过迟走。"

倪匡兄已到口无遮拦的阶段，不是一般人受得了，除了我们这群老友。

不过有时他讲话，也会兜回来，像在街上遇到一个女记者，冲上去说要做一个访问，给倪匡兄一口拒绝。

那女的快要生气时，倪匡兄说："我老婆不让我给女记者做访问，怕我被勾引，尤其是一个美女。"

这时，那女的又被骗得笑嘻嘻。

席间，倪匡兄大鱼大肉。张敏仪看到说："你这么吃，没有糖尿病吗？"

"糖尿病的病征我全有了。中国人叫为消渴症啰，我一直口干，又不停上洗手间。"

"那还不赶紧看医生？"张敏仪关心他。我知道倪匡兄最不喜欢排队，他专找拍乌蝇（粤语俚语，意为生意冷淡）的诊所，找空闲的医生。

他说："看了，医生检查后，血糖正常。我说不可能吧？我所有糖尿病病征全有。医生懒洋洋回答：什么病征？患糖尿病的人愈来愈瘦，你愈来愈胖，叫什么病征？"

倪匡兄又口无遮拦："有一天黄宇诗来找我，说很想念父亲，可惜黄霑已不知道。我安慰她：不要紧，我会把你的话转达给他，我也没有多少年可活，很快就会见到他。"

我见过很多例子，越是把死挂在嘴边的，越长命。

不会老

我常说，好的女人不会老。

没经验的年轻人不知道我说些什么，昨天微博上出现了一个："我看到昂山素季的新闻。现在，我了解你说的，一点也不错，好的女人是不会老的。"

什么叫娇柔？很多人都提起她在家门前出现，向支持者挥手的那一刻，但只要仔细看新闻，就知道她对人打招呼之前，接着那束鲜花，采下一朵，插在发髻上面。这就是娇柔了。

另一个不会老的例子是朱玲玲，儿子已长得大到可以追求游泳女将了，她本人看起来比未来媳妇还要年轻。

但样子看来不会老的，就是好女人吗？那也未必，她的好，是好在有独立的思想和行为。日子一久，先生不懂得珍惜，她忽然出走，改嫁欣赏她的男人。贤淑的妻子，没有什么令人惊奇之处，世上也多的是，但预料不到的个性才令人更加敬佩，男人娶了她，也算是一种荣幸了吧。

这两个人都来自缅甸，会不会只有缅甸女人才那么顺眼、那么耐看呢？

佛教的熏陶还是有点关系吧？一个缅甸，一个柬埔寨，两者都遭受过民族大屠杀。当今去吴哥窟，看到的柬埔寨人一脸怨气，好像天下人都欠了他们一份公道。

反观缅甸人，一脸祥和，问他们最幸福的事是什么，回答道："能够到庙里去打打坐，最幸福了。"

但泰国人也深信佛教呀，怎么在政变时还要杀那么多人？要知道，佛教不是他们本身的信仰，是外来的。

说到外来，缅甸的佛教也是外来的，这又要更深一层研究人性了。弘一法师说："自性真清净，诸法无去来。"

是的，人性一美，人就美。最厉害的，还有不会老。

死法

和年轻友人聊天，对方问："你有没有想到死的问题？"

"当然，"我笑了，"有一天，来到我这个阶段，你也会去想的。"

"那么有没有想到哪一种死法最好？"

"古人说，寿终正寝。在睡觉中离开，肯定是最好的。不过很少人有这种福气。"

"学高僧，像弘一法师，知天命已尽，在断食中走，也是好事。"

"太难了。有没有更好的死法？"

"大吃大喝，做个饱死鬼，也妙。"

"给食物哽住喉咙那一刻也不好受，要什么吃死才舒服一点？"

"可以吃河豚的肝，天下美味。日本有一个出名的歌舞伎演员，就是那么走的，死去时，还脸露笑容呢。"

"那么喝酒喝死呢？"

"不容易，典型的例子是古龙，医生说再喝就没命，他照喝不误，终于完成自己的愿望。不过平常人一大醉就想呕吐，那种感觉比死更难受，也就不会想到用这种方法离去。"

"万一这种方法不成，像患了癌症，很痛苦，几经折磨，又没有生存的希望，怎么办呢？"

"打吗啡好了，一支支针打下去，飘飘然，到过量而死，有什么痛苦？"

"这不是变成了吸毒者？"

我懒洋洋地说："你这个人真是不化，人之将亡，还怕变成吸毒者呢？"

"太悲观了，还有没有更快乐的？"

"有呀，马上风。"我说，"前几天报纸上说有一项调查，说突然的性行为，心脏病发作的风险高出三倍来。这是天下最快乐的死法。设想'子子孙孙'一下子冲了出去，身体衰竭而死，是多么过瘾！"

回到儿时

芫荽是一种奇异的香草，你只有喜欢或讨厌，没有中间路线，我这种爱憎分明的有个性的人，是钟情的。

小时候一吃，觉得很怪，即刻吐出。近来有篇医学报告，说人的味觉是从记忆中找寻出来，也许当年我联想到的是臭虫。

不是没有根据的，芫荽原产于地中海地域，拉丁名的意思是"臭虫"。更深一层的研究，说芫荽的分子之中有种叫aldehyde（醛）的成分，和肥皂及臭虫中找到的一样。

长大了，逐渐的接触令到我接受了芫荽，我已改变了饮食习惯，当看到别的小孩子把芫荽碎从汤里取出，反觉厌烦。

又在不知不觉之中，我愈来愈喜欢吃芫荽，这可能与我在外国旅行有关。去到泰国，他们的沙律中无芫荽不欢。印度人更是把芫荽籽磨末，是咖喱的主要成分。西班牙人和葡萄牙人有种芫荽汤，大量使用。越南人也是爱芫荽一族。中国人更爱芫荽，叫成香菜。只有日本人对它不熟悉，一尝即吐，可是一旦爱上中华料理，又拼命添加。

不只味道好，颜色还非常漂亮。你有没有试过芫荽鲩鱼汤？它是将大把芫荽滚了，下鲩鱼片去灼熟。整碗清炖出来，除了盐，什么调味品都不必加。上桌时，汤的颜色碧绿，香味扑鼻，是一款极为好喝的汤。尤其是宿醉之后，有了它，即愈。

芫荽英文名叫coriander，不能和西洋芫荽的parsley混淆，后者只是样子有点像，但叶极大，在外国购买，还是叫cilantro较妥。

也许是我这个写食经的人味觉较为灵敏，我发现当今的芫荽完全走了味，一点也不像从前吃的。

问友人，大家不觉得，说我发神经，但事实的确如此，不知道是否与将基因改造，大量生产有关系。当今我吃东西，回到儿时，把芫荽从汤中夹起，一片片，摆满桌面。

学做妙人
Be an Intelligent Person

附：
访问自己

想走就走，放下一切。

关于身世

问：你真会应付我们这群记者。

答：（笑）这话怎么说？

问：我们来访问之前，你就先问我们要问什么题目。问吃的，你把写过的那篇关于吃的《访问自己》拿给我们；问到电影，你也照办，把我们的口都塞住了。

答：（笑）不是故意的，只是常常遇到一些年轻的阿猫阿狗，编辑叫他们来访问，他们对我的事一无所知，不肯收集资料，问的都是我回答过几十次的。我不想重复，但他们又没的交差，只好用这个方法了。自己又可以赚回点稿费，何乐不为？（笑）但是我会向他们说，如果是在我自问自答的内容中没有出现过的问题，我会很乐意回答。

问：（抓住了痛脚）我今天要问的就是你没有写过的：关于你家里的事。

答：（面有难色）有些私隐，让我保留一下好不好？像关于夫妇之间的事，我都不想公开。

问：好。那么就谈谈你家人的，总可以吧？

答：行。你问吧。

问：你父亲是怎么样的一个人？

答：我父亲叫蔡文玄，外号"石门"，因为他老家有一个很大的石门。他是一个诗人，笔名柳北岸。他从中国来南洋谋生，常望乡，梦见北岸的柳树。

问：你和令尊的关系好不好？

答：好得不得了。我十几岁离家之后，就不断地和他通信，一礼拜总有一两封，几十年下来，信纸堆积如山。他一年之中总来我们那里小住一两个月，或者我回新加坡看他。

问：你的一生有没有受过他的影响？

答：很大。在电影上，都是因为他而干上那一行。他起初在家乡是当老师的，后来受聘于邵仁枚、邵逸夫两兄弟，由中国来新加坡发展电影事业，担任的是发行和宣传的工作。我对电影的爱好也是从小由环境培养出来的，那时家父也兼任电影院的经理。我们家住在南天戏院的三楼，一走出来就看到银幕，差不多每天都在看戏。我年轻做制片时不大提起是我父亲的关系，长大了才懂得承认干电影这行，完全是父亲的功劳。

问：写作方面呢？

答：小时，父亲总从书局买一大堆书回来，由我们几个孩子去打开包裹，看看我们伸手选的是怎么样的书。我喜欢看翻译的，他就买了很多《格林童话》《天方夜谭》《希腊神话》等品种的书给我看。

问：令堂呢？

答：妈妈教书，来了南洋后当小学校长，做事意识很坚决，这一方面我很受她的影响。

问：兄弟姐妹呢？

答：我有一位大姐，叫蔡亮，因为生下来时哭声嘹亮。妈妈忙着教育其他儿童时，由大姐负担半个母亲的责任，指导我和我弟弟的功课，我一直很感激她。后来她也学了母亲，当了新加坡南洋女子中学的校长，那是一所名校，不容易考得进去。她现在退休了，活得快乐。

问：你是不是有一个哥哥和一个弟弟？

答：唔，大哥叫蔡丹，小蔡亮一岁，因为出生的时候不足月，很小，小得像一颗仙丹，所以叫蔡丹。后来给人家笑说拿了菜单（蔡丹），提着菜篮（蔡澜）去买菜。丹兄是我很尊敬的人，我们像朋友，多过像兄弟。父亲退休后，在邵氏的职位就传给了他。丹兄前几年因糖尿病去世，我很伤心。

问：弟弟呢？

答：弟弟叫蔡萱，忘记问父亲是什么原因而取名了。他在新加坡电视台当监制多年，最近才退休。

问：至于第三代呢？

答：姐姐两个儿子都是律师。哥哥一男一女，男的叫蔡宁，从小受家庭影响，也要干和电影有关的事，长大后学计算机，住美国。以为自己和电影搭不上道，后来在计算机公司做事，被派去做电影的特技，转到华纳，《蝙蝠侠》的计算机特技有份参加，还是和电影有关。女儿叫蔡芸，日本庆应大学毕业，做了家庭主妇。弟弟也一男一女，男的叫蔡晔，因为弟妇是日本人，家父说取"日"和"华"为名最适宜。"晔"字念成"叶"，蔡叶蔡叶的也不好听，大家都笑说我父亲没有文化。女儿叫蔡珊，已到社会上做事。

问：为什么你们一家都是单名？

答：我父亲说发榜的时候，考得上很容易看出，中间一格是空的嘛。当然，考不上也很容易看出。

问：你已经写了很多篇"访问自己"，是不是有一天集成书，当成你的自传？

答：自传多数是骗人的，只记自己想记的威风史。坏的、失败的多数不提，从来没有自传那么虚伪的文章。我的"访问自己"更不忠实，还自问自答，连问题也变成一种方便。回答的当然是笑话居多。人总有些理想，做不到的事，想象自己已经做到。久而久之，假的事好像在现实生活中发生过。但是我答应你，这一篇关于家世的访问，尽量逼真，信不信由你。

关于收藏

问：文人通常收藏些字画，你有没有？

答：我不例外，很少罢了。最珍贵的是书法和篆刻的冯康侯老师的作品。老师生前我不敢向他要，他主动送了我一两幅，过世后我也向人买了一些，就此而已。

问：你的另一位老师丁雄泉呢？

答：送过一幅小的。另外有一幅是他白描，由我上色，他为了我题上两人合作的字句，真是抬举我了。

问：其他呢？

答：有几幅辛德信的西洋画，还有一些弘一法师及丰子恺先生的，都是我心爱人物的作品。

问：按你现在的经济条件，收藏一些名人字画，是买得起的呀。

答：名人画也有好坏，不精的买得起，精的买不起。精的留在博物馆看，不精的不值得收藏。

问：你从来没有当收藏是一种投资吗？

答：（叹）我不知说过多少次，收藏字画或其他艺术品，等到有一天要拿出来变卖，就倒了祖宗十八代的霉了。如果当成投资的话，早就改行去学做古董鉴定家了。

问：小的时候呢？

答：小的时候也和同学一样，学过集邮，也下了不少功夫，如果能留到现在，也许值钱，但中途搬家搬了好几次，也散失了。

问：年轻时呢？

答：在日本那个年代，也收集过不少火柴盒，但一下子就厌了，全部扔掉。不过买打火机和烟灰盅的兴趣还是有的，每到一个新的地方，看到有特色的，一定买，不过不会花太多钱。多年下来，也有好几百个。

问：近来听说你要戒烟了？

答：咳得厉害，看来是要戒的。

问：那么那些打火机和烟灰盅呢？

答：可以编好号，集中起来卖掉，钱捐出去。卖不掉的话，找个我喜欢的人，也抽烟的，送给他好了。

问：还有什么舍不得分给人的呢？

答：只有茶盅了。

问：茶盅？

答：也有人叫为盖碗，旧式茶楼像陆羽和莲香，到现在也用来沏茶的瓷器。喝普洱的话，叶粗，用紫砂工夫茶壶不实际，还是用茶盅好。

问：你收藏的是什么茶盅？

答：只限于民国初期的。

问：为什么？

答：比民国初期还要老的，像清朝的，太贵了，买不起，还是去博物馆看。当今的，手工太粗，胎太厚，手感不佳，又俗气的居多，不值得买。

问：民国初期的茶盅有什么特别之处？

答：都是生活中用的，很平凡，但是当时的人比较优雅，做出来的普通用器有很高的品位。我从四十年前来香港时开始收集，最多是三四十块港币一个。

问：现在呢？要卖多少？

答：至少四五百吧，有的还叫到一两千呢。

问：那你有多少个？

答：很多。

问：你会拿来用吗？

答：（笑）当然。这些所谓的半古董，打破了也不可惜。玩艺术品的境界，是摩挲。不拿在手上用，只是看，不过瘾的。

问：怎么用？

答：每天拿来沏茶呀。春天用花开鸟鸣的图案，夏天是古人树下纳凉，秋天一片枫叶，冬天大雪中烹茶。还有大大小小，各种不同的状态，都可以变化来用。

问：你可以看出是真品吗？怎么看？

答：我不贪心，只研究一样茶盅，也只学民国初期的。像一个当铺学徒，从好货看起，我很努力地去博物馆看，看久了，就知道什么是真的，什么是假的。

问：买过假的吗？

答：当然。但是假得好，假得妙，也当是真的。

问：打破了多少个？

答：无数，多是菲律宾家政助理经手的。我自己洗濯时很小心，旅行时也带一个，放在锦盒中，不会碎。薄胎的茶盅很有趣，用久了总会有一道裂痕，但不会漏水出来，冲入滚水之后，瓷与瓷之间的分子相碰，竟然会发出"锵"的一声，像金属的撞击声，很爽脆，很好听。

问：我从来不会用茶盅，只懂得用茶壶，用茶盅会倒得满桌都是茶。

答：没有一个人从开始就会用茶盅，都得经过训练。我开始的时候也和你一样，倒得满桌都是，后来立心学，买一个普通茶盅，在冲凉时拼命学斟，一下子就学会了。你也应该学会的。

关于烟

问：我自己不抽烟，反对抽烟。抽烟损害健康。

答：立场问题，我抽烟。我并不认为不抽烟的人，健康会好
到哪里去。

问：政府已于二〇〇七年一月起实施食肆全面禁烟。

答：食肆全面禁烟，从洛杉矶开始，是一种流行，像时装
一样，大家模仿。我想香港终有一日连在家里抽烟也会被罚。香
港餐厅刻苦经营，目前是有史以来最艰难的时期。大家都北上消
费，禁烟后，食肆生意更受影响，又要付贵租，唉。

问：你从几岁开始抽烟？

答：十二三岁吧。我读的华侨中学有个后山，休息时和同
学一起去树林里，你一根我一根，就抽了起来。反叛的行为是过
瘾的。

问：受谁影响？

答：看到詹姆斯·迪恩冬天在纽约街头的一张黑白照片，穿
了麦哥大褛（粤语方言，大衣），偎缩着身子，雨天之下也衔着
一根烟，寂寞得厉害，就决定抽了。

问：家人抽不抽？

答：父母都吸烟。家父抽到九十岁，每天两包，才过世的。
家母抽到六十，有支气管炎毛病，医生说烟或酒要戒掉一样，她
戒了烟。后来老人家照样喝酒，也活到九十八。也许我抽烟喝酒
都是遗传，不是我的错。我不知道我爷爷有什么其他嗜好，也遗
传给了我。

问：你抽哪一个牌子的香烟？

答：美国系统的都可以。香烟分两种，英国系统的烟叶黄，像三个五等，中国人抽的多数是这个系统的。美国系统的烟叶较黑，像万宝路等。

问：最初呢？

答：最初偷我妈妈的美国好彩牌（Lucky Strike）抽，没有滤嘴的。后来去了日本，抽便宜的Ikoi、Golden Bat等，连玻璃纸包装都节省的那几种。赚到钱后，抽高级的德国烟"黄金盒子"，也抽法国"吉卜赛人"，用的是土耳其烟叶，别人闻起来臭得要死，自己抽得很香。

问：现在呢？

答：现在愈抽愈薄，连白色盒子的特醇万宝路都觉得太浓，抽的尽是一毫克焦油的杂牌。不太吸得出烟来，太薄了，像在吸蜡烛。

问：干脆戒掉好了。

答：我抽烟抽到喉咙都吐出去，不吸进肺里，戒与不戒没什么关系。抽烟完全是一种习惯，一种手瘾。我常说，我抽烟，是因为手指寂寞。

问：要叫你戒，好像是不可能了吧？

答：怎么没可能呢？从前人家也说我绝对不会戒酒的呀！但是我现已少喝了，不是因为健康，忽然有一天，我认为天天喝酒，喝得有一点闷，就少喝了。如果遇到好朋友，酒量照常。倪匡兄也说他戒了酒，但是我去旧金山找他时，两人聊聊天，就干掉一瓶白兰地。有一天，我觉得抽烟抽得闷，也会少抽。

问：你有没有收集烟灰盅和打火机的习惯？

答：有，家里什么都不多，这两样东西最多。到外国旅行，看到手工精巧又花心思的烟灰盅，一定买了带回来，每一个烟灰盅都有一段故事。至于打火机，从前用过名贵的，但是发觉它们重得像棺材一样，一带出去又即刻不见，好心痛。现在用的都是即用即弃的那种，但要求设计漂亮，愈轻愈好，愈便宜愈好。买的打火机，永远不会超过十块钱美金。

问：你抽烟的习惯，像不像令尊？

答：像得不得了，他抽烟一直是在想东西或者和人家聊天，常常把烟灰留得长长的，别人看了替他担心会不会掉得遍地都是的时候，他又在断掉之前轻轻敲进烟灰盅里。这一点，我一模一样。认识我父亲的人，看到我这个样子，都说有其父必有其子。

问：你反对女人抽烟吗？

答：男人自己抽，怎会反对女人抽？有些女人抽起一根烟，样子漂亮得不得了，我最爱看了。

问：你们抽烟，不怕影响到儿童吗？

答：倪匡兄说过，好的孩子教不坏，坏的孩子教不好。而且，天生体质有关。有些人抽得了，有些人一闻到味道就怕。

问：你不会否认抽烟伤身吧？

答：抽烟一定伤身。抽久了，支气管炎一定跟着来。每天早上也必定咳个不停。

问：那么你还抽？

答：我常将快乐和病痛放在天平上，看哪一方面多一点。智者说过，任何欢乐和享受都是由牺牲一点点健康开始的。

问：长途飞行，你怎么忍？

答：起初不习惯，只有拼命吃巧克力。后来也不觉辛苦，十几小时一下子就过。比起人生，很短。

问：还是老话一句，戒了吧！

答：我会戒的。

问：真的？

答：真的，戒了之后，抽雪茄。

关于茶

问：茶或咖啡，选一样。你选茶，咖啡？

答：茶。我对饮食非常忠心，不肯花精神研究咖啡。

问：最喜欢什么茶？

答：普洱。

问：那么多种类，铁观音、龙井、香片，还有锡兰茶，为什么只选普洱？

答：龙井是绿茶，多喝伤胃；铁观音则是发酵到一半停止的茶，很香，只能小量欣赏，才知味；普洱则是全发酵的，愈旧愈好，冲得怎么浓都不要紧。我起身就有喝茶的习惯，睡前也喝。别的茶反胃，有些妨碍睡眠，只有普洱没事。我喝得很浓，浓得像墨汁一样。我常自嘲说肚子内的墨汁不够。

问：普洱有益吗？

答：饮食方面，广东人最聪明，云南产普洱，但整个中国只有广东人爱喝，它的确能消除多余的脂肪，吃得饱胀，一杯下去，舒服无比。

问：那你自己为什么还要搞什么"暴暴茶"？

答：这个故事说起来话长，普洱因为是全发酵，有一股霉味，加上玫瑰干蕾就能辟去，我又参考了明人的处方，煎了解酒和消滞的草药喷上去，焙过，再喷，再焙，做出一种茶来克服暴饮暴食的坏习惯。起初是调配来给自己喝，后来成龙常来我的办公室试饮，觉得很好喝。别人也来讨，烦不胜烦。

问：你什么时候开始把它当成商品，又为什么有做茶生意的念头？

答：有一年的书展。书展中老是签名答谢读者，没什么新意，我就学古人路边施茶，大量泡"暴暴茶"给来看书的人喝。

主办当局说人太多，不如卖吧。我说卖的话，就违反施茶的意义。不过卖也好，捐给保良局。那一年两块钱一杯，一卖就筹了八百块，我的头上"当"的一声亮了灯，就将它变成商品了。

问：为什么叫"暴暴茶"？

答：暴食暴饮也不怕呀！所以叫"暴暴茶"。

问：你不认为"暴暴茶"这个名字很暴戾吗？

答：起初用，因为它很响。你说得对，我会改的，也许改为"抱抱茶"吧。我喜欢抱人。

问：为什么你现在喝的是"立顿"茶包？

答：哈哈，那是我在欧洲生活时养成的习惯，那边除了英国人，大家都只喝咖啡，没有好茶。随身带普洱又觉烦，干脆买些茶包，要一杯滚水自己搞定。在日本工作时，他们的茶也稀得要命，我拿出三个茶包弄浓它，不加糖，当成中国茶来喝。喝久了上瘾，早晚喝普洱，中午喝立顿。

问：你本身是潮州人，不喝工夫茶吗？

答：喝。自己没有工夫，别人泡的我就喝。我喝茶喜欢用茶盅，家里有春、夏、秋、冬四个模样的，现在秋天，我用的是布满红叶的盅。

问：你喝茶的习惯是什么时候养成的？

答：从小。父亲有个好朋友叫统道叔，到他家里，一定有上等的铁观音喝。统道叔看我这个小鬼也爱喝苦涩的浓茶，很喜欢我，教我很多关于茶的知识。

问：令尊呢，喝不喝茶？

答：家父当然也爱喝，还来个洋腌尖（粤语方言，意为爱挑剔、吹毛求疵），人住南洋，没有什么名泉，就叫我们四个儿女一早到花园去，各人拿了一个小瓷杯，从花朵上弹露水，好不容易才收集几杯拿去冲茶。炉子里面用的还是橄榄核烧成的炭，说这种炭，火力才够猛。

问：你喝不喝龙井或香片？

答：喝龙井，好的龙井的确引诱死人。不喝香片。香片北方人才欣赏，那么多花，已经不是茶，所以只叫香片。

问：日本茶呢？

答：喝。日本茶中有一味叫"玉露"的，我最爱喝了。"玉露"不能用太滚的水来冲，先把热水放进一个叫Oyusame的盅中冷却一番，再把茶浸个两三分钟来喝，味很香浓，有点像在喝汤。

问：台湾茶呢？他们的茶道又如何？

答：台湾人那一套太造作，我不喜欢。茶叶又卖得贵得要命，违反了喝茶的精神。

问：你喝过最贵的茶，是什么茶？

答：大红袍。认识了些福建茶客，才发现他们真是不惜工本地喝茶。请我喝的茶叶，在拍卖中叫到十六万港币，而且只有两百克。

问：真的那么好喝吗?

答：的确好喝。但是叫我自己买，我是付不出那么高价钱的。我在九龙城的"茗香"茶庄买的茶，都是中价货。像普洱，三百块一斤，一斤可以喝一个月，每天花十块钱喝茶，不算过分。一直喝太好的茶，就不能随街坐下来喝普通的茶，人生减少许多乐趣。茶是平民的饮品，我是平民，这一点，我一直没有忘记。

关于烦恼

问：看你整天笑嘻嘻的，你到底有没有烦恼?

答：哈哈哈哈。（干笑四声）

问：那怎么没看到你写关于你的烦恼的文章?

答：我想我基本上是一个很喜欢娱乐别人的人，干了半辈子的电影业，多少也是一种娱乐事业。喜欢娱乐别人的人，怎会把自己的烦恼告诉人家?

问：哭也是一种娱乐呀。

答：你去做好了。

问：我们年轻人怎么克服烦恼呢?

答：没的克服，只有与它共存。

问：怎么共存？

答：一切烦恼，总会过的。我们小时候烦恼会不会被家长责骂。大了一点，担心老师追功课。青春期为失恋痛苦。出来做事，怕被炒鱿鱼。但是，这一切不是都已经过了吗？一过，就觉得当时的烦恼很愚蠢，很可笑。我们活在一个刷卡的年代，为什么不预支快乐？既然知道一过就好笑，不如先笑个饱算数。

问：这不是阿Q精神吗？

答：什么叫阿Q精神，你还弄不懂，你想说的是逃避心理吧？逃避有什么不好？逃避如果可以解决困扰，尽管逃避。有些事，避一避，过后它们会自动解决。

问：说是容易，做起来难呀！

答：这我知道，但是说比不说好，想比不想好。

问：你难道没痛苦过吗？

答：痛苦分两种，精神上的和肉体上的。精神上的痛苦是想出来的。不想，痛苦就没了。肉体上的痛苦才是真正的痛苦。人家砍你一刀，你一定会痛苦。女朋友走了，你认为还有新的，就不痛苦。肉体上的痛苦？好解决呀！拼命吞必理痛（Panadol）就是。别听人家说吃多了对身体有害，痛苦是不需要忍受的，把必理痛拿来当花生吃就是。

问：什么情形下才产生烦恼？

答：个人看得开的话，烦恼不出在自己身上，是出在你周围的人身上。喜欢的人，在不知不觉之中，完全变成另一个人，而你自己又改变不了对方的想法，烦恼就产生了。

问：我们年轻人怎么解决？

答：没的解决。一就是离开这个人，二就是强忍，都是看你爱对方爱得有多深。其实，也都是自己想出来的。因为你两者都想要，或者两者都做不了，烦恼就来了。

问：宗教信仰能不能帮你解决？

答：那才叫作逃避。

问：我们年轻人，分不开，也不懂。

答：你别整天把"我们年轻人"挂在口中，我们也年轻过。年轻时分不出什么是烦恼，什么是一定要活下去。年轻人享受体验烦恼的感觉，就像辛弃疾所说，为赋新词强说愁。大家都有过这个阶段，醒悟得早，醒悟得慢，要看一个人的灵性了。

问：活下去那么重要吗？

答：有时，是一种无奈。

问：多愁善感，美不美？

答：不美，什么事都想到负面上去，这种人要避开。林黛玉也许很吸引年轻人，但这种女人闷死人，整天哀哀怨怨，烦都烦死了，送给我，我也不要。

问：那是天生的呀？

答：我也承认这一点，所以愈来愈相信宿命论，遗传基因决定一切。物以类聚，让他们相处在一起，互相享受好了。我们不同的人，要避开。

问：避不了呢？

答：又要回到爱得有多深，忍与不忍的问题了。

问：（懊恼）说来说去，还不如不说。

答：有一种办法，叫作自得其乐。

问：怎么自得其乐？

答：做学问呀！

问：普通人怎么要求他们去做学问？

答：我所谓的"学问"，并不深。种花、养鸟、饲金鱼，简简单单的乐趣，都是学问。看你研究得深不深，热诚有多少。做到忘我的程度，一切烦恼就消失了。你已经躲进自己的世界，别人干扰不了你。

问：做买卖算不算是学问？

答：学问可大呢。研究名种马的出生也是学问。

问：我什么都不会，也没有兴趣，怎么办？

答：看漫画有兴趣吧？

问：有。

答：什么漫画都看好了。中国的连环图，日本的暴力书，英国式的幽默，等你看遍了，就是漫画专家，别说没有烦恼，还可以靠它赚钱呢。

问：我明白了，所以你又拍电影，又写作，又学书法和篆刻，又卖茶，又开餐厅。你的烦恼，一定很多。

答：……

关于旅行

问：你说你已经不会回答重复的问题，我记得你还没有说过旅行，我们聊聊这一方面好吗？

答：一讲起旅行，许多人都会问我：你有什么地方没去过？真可叹。我没去过的地方多矣！每次坐飞机，都喜欢读机内杂志，各国航空地图对自己国内航线的地图画得最清楚，我看到那些密密麻麻的小镇名字，就知道自己多活三辈子，也肯定走不完。

问：你最喜欢的是哪一个国家？

答：这也是最多人问的问题之一，和问我最喜欢吃什么地方的菜一样。我的答案非常例牌（粤语方言，意为惯例），总是说最喜欢吃的菜，是和好朋友一起吃的菜；最喜欢的国家，是有好朋友的国家。并非敷衍，事实也是如此，每一个国家都有它的好处和缺点，很难以一个"最"字来评定。

问：最讨厌的国家呢？

答：最讨厌那些海关人员给我嘴脸看的国家。老子来花钱，为什么要看你那些不瞅不理的嘴脸？你是官，管自己的人民好了。我是客，至少要求自己的尊严。

问：那么下一次你就不会再去？

答：不，会再去。每一个国家的人都有好有坏，不能一棍子打沉一条船。

问：像南斯拉夫那种穷乡僻壤，你也住过一年。为什么不选欧洲更好的国家住？

答：那是为了工作，不得不住那么久，但是我也爱上你所谓的"穷乡僻壤"。住一个地方，愈住愈讨厌是消极的，发现它更多的好处也是另一种想法。所以我常说，天堂是你自己找出来的，地狱也是你自己挖出来的。

问：怎样找？

答：从食物着手是一个好的开始，有很多你没吃过的东西，有很多你没尝过的煮法。观察他们的生活方式，研究他们的历史，等等，都是空谈。最好的办法，是和土女交朋友。

问：要是东西不好吃，女人难看呢？是不是可以举一个实例来说明？

答：我到尼泊尔去，就能学习颜色的看法。尼泊尔一切都是灰灰黄黄的，当地人也觉得单调，染出来织布的绳线颜色非常鲜艳和大胆，冲撞得厉害，也不觉得不调和。这对于我画画很有帮助。

问：从旅行中，你还能学到什么东西？

答：学到谦虚和不贪心。我最爱重复的有两个故事，一个是我在印度山上，土女整天烧鸡给我吃，我问她有没有吃过鱼，她说什么是鱼。我画了一条给她看，说你没吃过鱼，真是可惜。她回答说：我没吃过鱼，有什么可惜？另外一个故事发生在西班牙的小岛上。一早出来散步，遇到一个老嬉皮在钓鱼。地中海清澈见底，我看到他面前的鱼群很小尾，另一边的很大，我向他说：喂，老头，那边的鱼大，去那边钓吧。你知道他怎么回答，他说：我钓的，只是午餐。

问：去完一个地方，回来可以做些什么？

答：最好是以种种方式把旅行的经验记录下来。能用文字的人，写出来好了。或者画画，不然用相机拍。总是要留些回忆，储蓄来在老的时候用。忘得一干二净的话，以后坐在摇椅上，两只眼睛空空地望着前面，什么美好东西都想不起，是很可悲的。

问：你是不是一定要住最好的，吃最好的？

答：旅行分层次，年轻时拼命吸收的旅行，任何条件都不在乎。就算头顶上没有一片瓦，背袋当枕头也能照睡。经济条件得到改善，便要求吃得更好，住得更好，这是必然的。但是当你有了高级享受，就失去了刺激和冲动。每一个层次都有它的好处和缺点，不过一有机会便要即刻动身，不能等。

问：对于目的地的选择呢？

答：没去过的地方，哪里都好，可从到新界开始，再发展到澳门。再去新加坡、马来西亚、泰国。要避免去假地方。

问：什么叫假地方？

答：像日本九州的豪斯登堡，很多香港人去，我就觉得乏味。它是一个假荷兰，说是一切依足建筑，但是走进大堂，就看到"出口""入口"的牌子，还有"非常口"呢。荷兰人哪会用汉字？真正的荷兰，也不过需十二小时的直飞。世界已小，不能浪费在假地方上。

问：到一个地方去，事前要花什么功夫？

答：买所有的参考书来看，详细研究地理、历史、文化。去的时候遇到当地人，对他们的国家有所了解，是一份尊敬，他们会更乐意做你的朋友。要是研究了竟然去不成，也等于去过了。

问：不过也有句古语说，行万里路胜过看万卷书呀！

答：不对，读书还是最好的。书读得愈多，人生的层次愈高，这是金庸先生教我的。他写小说的时候没去过北京，但书中的描述比住在当地的人更详细清楚。只要资料做足就是。高阳先生写历史小说，很多地方他也都没去过。日本有几本极畅销的外国旅游书，作者从不露面，新闻界追踪，最后在一个乡下找到，原来他是一个从来没踏出过日本本土一步的土佬。

问：有很多地方我也想去，但是考虑了很久，还是去不成，怎么办？

答：想走就走，放下一切，世界不会因为没有了你而不运转。说走就走，你没胆，我借给你。

关于照片

问：你主持过一些电视节目，有没有人要求和你拍照片？

答：有些认出我的人，等了好久才鼓起勇气，问我可不可以和他们拍一张照片。我总是说："我正在担心你会不会这么问呢。"

问：你有耐性吗？

答：有。不过有些人也实在要求多，来了一张又一张，贪得无厌时，我会借故走开。通常拍完一张之后，他们总会说再来一张，我做个顺水人情，没等他们开口，先说："补一张保险吧。"

问：有什么苦与乐？

答：乐事是遇到一对夫妇，五兄弟姐妹。他们老是说："你站在中间。"你知道的，中国人迷信：拍照片站在中间的人会死掉。如果这种迷信是真的，我不知道死了多少回。苦中作乐，看到拿相机的人总是强闭着一只眼睛，嘴巴也跟着歪了，表情滑稽，就笑了出来。

问：眼睛不花吗？

答：花。有时一群人围过来，先拍张团体的，又一个个要单独照，眼前闪光灯亮个不停，留下黑点，弄得头晕，是常事，也惯了。

问：什么情形之下，你会觉得不耐烦？

答：又换角度，又对焦，左等右等就有点烦，他们比相机还要傻瓜。

问：会不会到讨厌的程度？

答：一般不会。有时出现个非亲非戚的生人，一下子就来个老友状，勾肩搭膊，如果对方是个大美人，又另当别论，否则真想把他们推开。最恐怖的是有些大男人还要抓你的手，一捏手汗湿淋淋，我又没有断袖之癖，真有点恶心。

问：但是总得付出代价的呀！

答：说得不错。不过如果能照成龙的主意做就太好了，成龙说最好是弄个箱子，要求合照就捐五块十块，给联合国儿童基金会。他老人家收获一定不错，我就做不了什么大生意，最好是把箱子里的钱偷去买糖吃。

问：我们记者来做访问，通常都带个摄影师来拍几张，你不介意吧？

答：摄影师大多数要求把手放在栏杆上或者双腿交叉站等等，我都很听话，有时还建议："要不要我把一张椅子放在面前，一脚踏上去，手架在腿上，托下巴？"这种姿势，二十世纪三四十年代最为流行。

问：哈，你也照做？

答：我只是说着玩的，他们真的那么要求，我就逃之夭夭。

（这时候摄影师走过来，向我说："请等一等，我把背后的那盆花搬一搬开。"）

答：我说一个故事给你听。从前我在邵氏制片厂工作，有一位叫张彻的导演，当摄影师要求道具工人把主角背后的东西搬来搬去时，张彻一定对摄影师说："你看到背景是什么的时候，你一定看不到主角脸上的表情。"

问：哈哈，杂志和报纸上登出来的照片，你满意吗？

答：没什么满不满意的。不管摄影师拍得好不好，回到编辑室，老编总是选那几张最难看的，他们在这一方面特别有才华。

问：你珍不珍惜报道你的文章和照片？

答：我不太去注意。有些人不同，他们一生没什么机会见报，所以特别重视。又有些人给水银灯一照，即刻上瘾，非制造些新闻出来不可。这是一种病。他们本人并不觉察，还拼命向记者说把名和利看得很淡，不爱出风头。其实他们一早就去买报纸和杂志，翻了又翻，看到照片小了一点，就伤心得要命。真是可怜！我才不会那么蠢，我知道有时一群记者围着你拍照，隔天一张也不登出来是常事。

问：你觉得还是低调一点比较好？

答：我也不介意以高姿态出现。干的是娱乐人家的事业嘛，要避也避不了，假什么惺惺？有些人口口声声说低调，结果杂志登出来的照片都是摆了姿势的，连他们的家里和办公室都拍出来，从家具和陈设来看，品位奇低。

问：对狗仔队，你有什么看法？

答：是一种职业。外国老早就有了，不是我们发明的。说是狗仔队跟踪，哪有那么巧？拍出来的照片大多数像事先安排，被拍的人心中有数，天下也没那么好的望远镜头，狗仔队跟踪的人怎么毫不知情？如果连这一点也不够醒目，那么丑事被拍下也是活该。

问：狗仔队会不会跟踪你？

答：我总是事先声明："寡人有疾，寡人好色。"就算搞什么绯闻，编辑老爷看到了狗仔队拍出来的照片，往字纸篓一丢，骂道："理所当然的事，有什么好拍的？"

问：那你一点也不怕狗仔队？

答：怕。

问：怕什么？

答：怕从麦当劳快餐店走出来，被拍一张，一世功名，毁于一旦。谁说我不怕？

关于写作

问：谈过你对人生、宗教等的看法，你本身是个作家，还没问过你写作的事，从什么时候开始写的？

答：你我一样，都是在念小学的时候，从老师叫我们做作文开始写的。

问：正经一点好不好？

答：我讲这句话，是有目的的，等一会儿再转回来谈。如果你是问我从什么时候开始赚稿费，那是在中学。我投稿到一家报馆，发表了。得到甜头之后陆续写，后来靠稿费带女同学上夜总会。

问：从那时候写到现在？

答：不。中间去外国留学就停了，后来为事业奔波，除了写信之外，没动过笔。四十岁时，工作不如意，才开始写专栏。

问：是谁最先请你写的？

答：周石先生。那时候《东方日报》好像由他一个人负责，包括那版叫《龙门阵》的副刊。周石先生很会发现新作者，他常请人吃饭，私人聊天，听到对方在饭局上说故事说得精彩，就鼓励他们写东西，我是其中一个。

问：后来你也在《明报》的副刊上写过？

答：是，我有一个专栏，叫《草草不工》，用到现在。

问：《草草不工》不像一般专栏的栏名，为什么叫"草草不工"？

答：草草不工，不工整呀！带谦虚的意思。当年向冯康侯老师学书法和篆刻，他写了一个印稿给我学刻，就是"草草不工"这四个字，我很喜欢。这方印，在报纸上也用上了。

问：那时候的《明报》副刊人才济济，很不容易挤得进去，是怎么让你在那里发表的？

答：在《龙门阵》写，有点成绩，才够胆请倪匡兄推荐给金庸先生。当年金庸先生很重视这一版副刊，作者都要他亲自挑选，结果他观察了我一轮文章之后，才点头。后来做过读者调查，老总潘粤生先生亲自透露，说看我东西的人最多，算是对金庸先生有个交代。

问：怎么写，才可以写得突出？

答：要和别人有点不同。当时的专栏，作者多数讲些身边的琐碎杂事，我就专门讲故事，或者描写人物，或者谈谈旅游。每天一篇，都有完整的结构。几位写得久的作者说我写得还好，问题在于耐不耐久，他们没想到我刚开始就有恃而来。

问：这句话怎么说？

答：停了写作那几十年之中，我不断地与家父通信，大小事都告诉他，至少一星期一两封。我也一直写信给住在新加坡的一位长辈兼老朋友曾希邦先生。写了专栏，我请他们二位把我从前写过的信寄回来，整箱整箱地寄，等于翻日记，重看一次，题材就取之不尽了。

问：你的文章中，最后一句时常令读者出乎意料，这是刻意安排的吗？

答：刻意的。我年轻时很喜欢看欧·亨利的文章，多多少少受他的影响，爱上他的写作技巧——终局的twist（**转折**）。周石先生说那是一颗"棺材钉"，钉上之后，文章就结束。

问：怎么来那么多"棺材钉"？

答：一篇文章的结构，跳不出起、承、转、合这四个步骤，但是不一定要依这个次序去写，把"转"放在最后，不就变成"棺材钉"了吗？

问：要经过什么基本训练吗？

答：基本功很重要。画画要做素描的基本功，写字要做临帖的基本功。

问：什么是写作的基本功？

答：看书。像干电影业的人，不看电影怎行？写作人基本上是一个勤于读书的人。需要从小就爱看书，从小不爱文学，最好去做会计师。

问：你是从看什么书开始的？

答：小时看连环图，大一点看经典，像《三国演义》《水浒传》《西游记》《红楼梦》等，都非看不可。中学时代是人一生之中最能吸收书本的时候，什么书都生吞活剥。只有在这年代，你才有耐性把长篇的《约翰·克利斯朵夫》《战争与和平》《基度山恩仇记》等等看完。像一个发育中的小孩，怎么吃都吃不饱。经过那段时期，就很难接触到那么厚的书了。当然，除了金庸先生的武侠小说。

问：我也经过了那段时期，我也想当一个专栏作家，你认为有可能吗？

答：啊，现在可以回到刚才所说的，做学生时，你我都写过作文。我认为会走路的人就会跳舞，会举笔的人就会写文章。你想当作家？当然有可能，不过跳舞的话，跳步总得学，写作也要练习。光讲是没有用的，你想当作家，就先要拼命写、写、写。发表不发表，是写后的事。为了发表而写，层次总是低一点。不写也得看，每天喊着很忙很忙，看来看去只是报纸或杂志，视线都狭小了。眼高手低不要紧，至少好过连眼都不高。半桶水也不要紧，好过没有水。当今读者对写作人的要求不高，只有半桶水也能生存，我就是一个例子。

问：你为什么不用粤语写作？

答：我也想尝试，但是我的广东话不灵光。香港有许多用粤语写作的文人，因为他们是以粤语思考。我写东西，脑子里面讲的是华语，所以只懂得用这方法写作。而且，我觉得用华语能够接触到某一种方言以外的读者。写东西的人，内心里都希望有多一点人能够看到。

问：所以人家说你的文字简洁，就是这个道理？

答：只答中一半。我选用的文字尽量简单，像你我在聊天，我没有理由用太多繁复的字眼。当今的华文水平愈来愈低落，有些人还说金庸先生的作品是古文呢。（笑）文字简单也是想让多一点人看得懂。至于说到那个"洁"字，是受了明朝小品的影响，那一代的作家，短短的几百个字就能写出人一生的故事。我很喜欢。但对于赚稿费，一点帮助也没有。（笑）

问：你的文章看了好像随手拈来，是不是写得很快？

答：一点也不快，一篇七百字的东西要花一两个钟头。写完重看一遍，改。放了一个晚上，第二天再看，再改。这是我父亲教我的写作习惯。至于题材，则每时每刻地思考，想到一个，就储起来，做梦也在想，现在和你谈天也在想。

问：你一共出了多少本书？

答：已经不去算了，反正天天写。七百字的短文，一年可以集成三本左右；一星期两千字的，一年集成两本。写餐厅批评八百字的，一年也是两本。

问：都是发表过的文章？没有为了出版一本书而写的吗？

答：先在报纸和周刊上赚一笔稿费再说，中文书的销路实在有限，单单出书得不到平衡。

问：为什么你讲来讲去，都讲到钱？

答：为理想而不顾钱的情形，在我的人生中也发生，但是不多。不过钱多一个零少一个零对日常生活也没什么改变，钱只是一种别人对自己的肯定，我是俗人，我需要这份肯定。

问：要是在美国或日本的话，你的版税一定不得了。

答：我从前在电影公司做事，一位上司也向我这么说。我回答说，当然不得了，但是如果我生活在泰国，谁会找我出中文书？做人，始终是比上不足，比下有余，知足常乐。

问：听说你的稿费很贵？到底有多少？

答：唉，年老神衰，写不了那么多，对付那些前来邀请的新办杂志编辑，我只有吹牛说人家付我每年一百万港币，你给得起的话，再说吧！

问：你的稿费就算再高，研究纯文学的那班人也从来看你不起，他们一向提都不提你。

答：（嬉皮笑脸）不要紧。

问：你有没有想过你的文章能不能留世？

答：倪匡兄也遇到一位所谓纯文学，或者叫为严肃文学的作者。她说："倪匡，你的书不能留世，我的书能够留世。"倪匡听了，笑嘻嘻地说："是的，我的书不能留世，你的书能够留世。你留给你儿子，你儿子留给你孙子，就此而已。"倪匡兄又说："严肃文学，就是没有人看的文学。"

问：哈哈！他真绝。

答：能不能留世，根本就不重要，最重要的是保持一份真，有了这份真，就能接触到读者的心灵。倪匡兄说过我就是靠这份真吃饭，吃得很多年。

问：你难道一点使命感也没有吗？

答：有了使命感，文字一定很沉重，和我的个性格格不入。

问：你的文章中有很多游戏，又有很多歪曲事实的理论，不怕教坏青少年吗？

答：哈，要是靠我一两篇乱写的东西就能影响青少年，那么教育制度就完全崩溃，每天花那么多小时读的书，都教不到他们判断力，多失败！

问：你写的多数是小品文，为什么不尝试写小说？

答：我也写过一本叫《追踪十三妹》的小说呀。

问：我看过，还没写完。

答：我会继续写的，都是用第一人称，新书只说一个新人物，也认识十三妹这位二十世纪六十年代的专栏作家。多写几本，也是把每一个人物都串联起来。我这一生，只会写这一辑小说。

问：什么时间才写？

答：等我停下来。

问：你停得下来吗？

答：（呆了一阵子）大概停不下来吧。

问：对于写作，你可以做一个结论吗？

答：记得十多年前有本杂志，叫什么读书人的，请金庸先生亲笔写几个字，他老人家录了钱昌照老先生的《论文》诗，诗曰：

　　文章留待别人看，

　　晦涩冗长读亦难。

　　简要清通四字诀，

　　先求平易后波澜。

关于金钱

问：金钱重要吗？

答：哈哈哈哈。（干笑四声）

问：香港是不是一个以金钱挂帅的社会？

答：英国大班的后代来到维多利亚港，闻了一闻，问他手下道："这是什么味道？"他的华人同事回答："这是金钱的味道。"香港，是个钱港。

问：道德是不是比金钱重要？

答：在香港，有二重、三重或四重的标准。有钱的人，娶四五个老婆，公开的，没人反对。身边多几个女人，被人骂咸湿佬，是因为这个人钱不够多。

问：那么香港是一个笑贫不笑娼的社会了？

答：贫也笑，娼也笑，香港人就是那么贱。

问：高地价政策崩溃之前，有层楼的人都是百万富翁，当今大家都变成负资产了。

答：小部分罢了。买来自己住，变成负资产，是可怜的。多买一家来炒，变成负资产，就不值得同情了。这像买股票一样，愿赌服输，怎么救他们呢？

问：那么大部分香港人还是有钱的？

答：有，银行的存款，加起来还是数千亿。大部分香港人花钱还是花得起，看花得值不值得而已。当今不景气，大家省一点，是香港人的应变能力。

问：你认为香港还是有前途的吗？

答：日本经济一衰退，就是十几年，大家也还不是过得好好的吗？香港也遇到过好景的时代，都存了点钱。日本人现在一直在吃老本，十几年没吃完。我们也在吃老本，才几年罢了，呱呱叫干什么？

问：失业大军每天在增加，不怕吗？

答：失业率多过二十世纪五六十年代的香港？当年挨了过来，香港人生存力多强！比起当年，现在算得了什么？

问：你没担心过？

答：穷则变，变则通。做无牌小贩也好，做看更（门卫）也好，不想做，是嫌钱赚得不够多。现在几块钱就能吃一餐饱的，花园街上的衣服也是几块钱一件。香港很少饿死人，也没听过有人冻死。

问：你自己算是有钱吗？

答：那就要看"有钱"的定义是什么了。我只能说够用罢了，我赚钱的本领没有我花钱的本领高，买几件看得上眼的古玩，足够令我倾家荡产。

问：你还没回答我，你重不重视金钱？

答：年轻时被书籍害了，认为钱不重要，要有情有义，有些赚钱的生意，给我我也不想做。年纪大了，才知道钱有多好，但是太迟，现在什么钱都赚，连广告也接来拍。这么老了，还要抛头露面，牺牲色相，真丢人！

问：你有没有算过你有多少钱？

答：真正有钱的人，才不知道他有多少钱。我当然算过，但不是一个很清楚的数目。总之不多，刚才也说了，够用罢了。

问：可不可以准确地去为钱下一个定义？

答：钱是好的，但是不能看得太重，当它是奴隶来使用。我从来不用钱包，把钞票往后裤袋一塞就是，有时会丢掉一些，也不可惜。因为塞在裤袋的钱，加起来也没多少。

问：这是不是和你没有子女有关系？

答：你说到了问题的结晶。是的，我的朋友存钱，都是以存给子女为借口。有了下一代，对金钱的看法和没有的完全两样。至今，我没有后悔过。

问：怕不怕有一天忽然一点钱也没有？

答：永远有这个阴影存在。社会制度健全，就没这种担忧。像日本，老人福利做得很好，看病不要钱，退休金也够养活余年。但是要靠福利，就不是福利了，人一定要活得愉快。活得不愉快，不如别活下去。我一向主张要活，就要活得一天比一天更好！

问：你有钱，才说这种风凉话。

答：我不知道说过多少次，这和金钱不能相提并论，活得一天比一天更好，是看你活得充不充实。多学一样东西，就充实多一点。记一记路旁的树叫什么名字，是不要钱的。记多了就成专家，成了专家就能赚钱。

问：我完全听不进去。看你有一天真正穷了，能干些什么？

答：到路边去替人家写挥春（粤语方言，春联）呀！

问：字也要写得像样才行！

答：之前你就要学呀，学书法花得你多少钱？学了，生活就充实。生活充实，人就有信心。多学几样，每一样都是赚钱工具，不要等到要靠它吃饱才去学。

关于道德和原则

问：你是不是一个很守道德的人？

答：哪一个时候的道德？

问：你这句话什么意思？

答：道德随时间而改变，遵守旧道德观念，死定。

问：什么叫新？什么叫旧？

答：从前的女子，丈夫先走了，守寡是美德。现在的女人，老公死了，你看她孤苦伶仃，就叫她再去找一个。要是你活在旧时代，你是一个劝人败坏道德的人。

问：……

答：还有，从前的人叫年轻人不可以打飞机（手淫），说什么一滴精一滴血，吓得他们脸都青掉，还以为自己是打飞机打出来的。现在的医生或八卦杂志都说手淫是正当的，不要太多就是。

问：那么婚外情呢？

答：更是笑话了。才七八十年前，我祖父那一代，一见到人，才不问"你吃饱了没有"，那么寒酸。那时候的人，一见面就问："你有多少个姨太太？"什么？才一个？那才是更寒酸了。你如果遵守以前的道德，有四个老婆也行，你现在就是死定的。

问：那么女人的婚外情呢？

答：从前要浸猪笼，现在没事。男女平等，男的许可的话，女的也应该没罪，只要不让对方知道就是了。

问：社会风俗的败坏呢？

答：你一个人的力量，能改变整个社会吗？

问：至少要守回自己的本分呀。

答：说得对。管他人干什么？

问：离婚后的子女问题呢？

答：我们的社会，愈来愈像美国。在美国，一班同学之中，只有你一个父母不离婚的，才受歧视。

问：孝顺父母呢？

答：啊，你问到重点了。但是，这不是道德的问题，这是原则，供养你长大的人，你孝顺他们，是不是应该的？不必回答吧！

问：做人是不是应该有原则？

答：道德水准已经不可靠了。只有原则是个不变的目标，是的，做人应该有原则。

问：原则会不会因为时间而改变?

答：不会。

问：你算是一个很有原则的人吗?

答：我算是一个很有原则的人。

问：你有什么原则?

答：孝顺不在话下，我很守时。

问：别人不守时呢?

答：那是他的事。

问：约了人，你老等，不生气吗?

答：我不在乎等人，所以约会多数是约在办公室，像你这次访问迟到了，我可以做别的事。

问：（有点羞耻）如果约在咖啡室呢?

答：（注视对方）那要看等什么人了。美女的话，可以多等一会儿。

问：（更羞耻，转话题）对人好，是不是原则?

答：是的，先对人好。人家对你不好，就原谅他，但是，也要远离他。

问：遵守原则，会不会处处吃亏?

答：吃亏，也要看你怎么看吃亏。不当成吃亏，就不吃亏了。要放弃原则很容易。我父亲教我的一些原则，我都死守着，像对人要有礼貌，像借了东西要还，像别无缘无故骚扰人家，像……

问：你答应过的事，一定要做到？原则上，你是不是一个守信用的人？

答：我是。有时承诺过的事现在做不到，但是会一直挂在心上，等有机会，就完成它。

问：婚姻是不是一种承诺？

答：是的，所以我不赞成离婚。当年自己答应过，不应该后悔。除非，对方已经完全变了一个人。对于这个陌生人，你没有承诺过任何事。

问：你说过原则是不会变的。

答：原则没有变，是人在变。

问：你这么说，等于没有原则嘛。

答：曾经有位长者，做事因为对方变而自己变，我问他："你做人到底有没有原则？"

问：他怎么回答你？

答：他说："没有原则，是我的原则。"

关于岁月的逝去

问：你不避忌谈谈死亡的问题吧？

答：人生必经之道，避忌些什么？这是东方人的缺点，以为长寿是福，从不谈及死亡的问题。活得不快乐的话，长寿怎会是福分呢？

问：今后会有什么计划？

答：小时候，老师鼓励我们在一个年月的开始写下要做什么。大了，不做这些傻事。

问：你想你会活多久？

答：目前科学和医学昌明，我要是能够活到七十，不算要求过高吧？一定要我说出一个计划，就来个十年计划。十年过后，如果不是这里痛那里痛的话，那么再订一个十年计划也不迟。

问：你有没有想过这个十年计划中，你会做些什么？

答：想过。想了老半天，想不出一个头绪。还是随遇而安，一天过一天吧。人的生命，是那么脆弱。从早死的亲戚和朋友那里，我们可以得到这种结论。计划归计划，现实生活中将会发生些什么，谁知道？

问：难道连一个月的也没有？

答：我最不喜欢有什么目的或者有什么使命。如果硬说需要什么指标，那么还是一句老话：希望活得一天比一天更好。今天比昨天快乐，明天又要比今天充实。

问：什么叫充实？

答：多看书，多旅行，多观察别人是怎么活下去的，多学一点你想学的东西，就会感到充实。像我最近才学会用电脑上网，就有充实感。

问：物质上的享受重不重要？

答：回答你不重要，是骗你的，我的欲望还是很强的。我的一个食评专栏名字叫《未能食素》，和吃不吃肉没有关系，那是代表我对物质放不下，我还不能达到无欲无求的层次。

问：有一天，没有了欲望，你会做什么？

答：做和尚呀！

问：你不是开玩笑吧？

答：一点也不是在说笑，认真的。那时候到来，我就去泰国清迈，那里我买了一块地，搭一间工作室，用木头刻刻佛像。懂得艺术的和尚多数是会受尊敬的。

问：做了和尚，还管得了受不受尊敬？

答：（脸红）你说得对，所以我说我六根未净嘛。

问：还是谈回死吧。

答：人生下来，自己是不能决定的。但是，我想，死最好能够自己掌握。小时候看过马克·吐温的小说《顽童流浪记》，主人翁骗大家被淹死了，又偷偷回来看自己的葬礼，那多有趣！

问：你的葬礼是怎么样的一个葬礼？

答：最好是像开大派对一样，载歌载舞，开香槟，不要任何哀愁，只有欢乐。

问：然后呢？

答：然后结束自己的生命呀！

问：可能吗？

答：高僧都知道自己什么时候死。像弘一法师，他最后写了"悲欣交集"四个字。我最后还没决定要写哪四个字，给我一点时间想想。

问：你觉不觉得老？

答：古人有"丹青不知老将至"的句子，幸好我的头发虽然白了，但是还没掉光，所以也不感觉老。体力大大不如从前，倒是每天感觉到的，像酒量，像性爱的次数，等等。思想上可是愈来愈年轻，觉得周围的人都比我稳重。我常开玩笑，说我和年轻人有代沟，我比他们年轻。

问：你吃得好，住得好，当然比很多人年轻啦。

答：我吃得好，住得好，是年轻时付出了勤劳的代价。我也有经济不稳定的岁月，我不是在说风凉话。我和年轻人有代沟，是我觉得他们对生活的态度不够积极。

问：还有什么想吃的东西？

答：很多。但是大部分我都吃过，我现在看到鲍参肚翅就怕，宁愿吃豆芽炒豆卜。

问：有没有不敢吃的？

答：前几天去了东京，那间吉野家的牛丼（日语，即肥牛饭）没有人敢食，我才不怕，照吃不误。疯牛症的潜伏期有十年，如果我有计划，那刚好到期。再过三年，我也不管艾不艾滋了，艾滋病的潜伏期是七年嘛。哈，老是人生一张自由自在的通行证。

问：真的不怕死？

答：人生充实了，对死亡的恐惧相对减少。我好像告诉过大家这么一个故事：有一次我乘长途飞机，旁边坐了一个彪形大汉的鬼佬，遇到了不稳气流，飞机颠震得厉害，鬼佬拼命抓紧把手，我若无其事照喝我的酒。气流过后，鬼佬看我看得不顺眼，问我："你是不是死过？"我懒洋洋举起食指摇了一摇，回答道："不，我活过。"

图书在版编目（CIP）数据

学做妙人 / 蔡澜著 . —长沙：湖南文艺出版社，2020.4（2020.11 重印）

ISBN 978-7-5404-9504-6

Ⅰ.①学… Ⅱ.①蔡… Ⅲ.①散文集—中国—当代 Ⅳ.①I267

中国版本图书馆 CIP 数据核字（2020）第 007611 号

上架建议：畅销·文学随笔

XUEZUO MIAOREN
学做妙人

作　　者：蔡　澜
出 版 人：曾赛丰
责任编辑：刘诗哲
监　　制：于向勇
策划编辑：王远哲
文字编辑：包　晗
营销编辑：刘晓晨　王　凤
装帧设计：李　洁
内文排版：麦莫瑞
出　　版：湖南文艺出版社
　　　　　（长沙市雨花区东二环一段 508 号　邮编：410014）
网　　址：www.hnwy.net
印　　刷：北京中科印刷有限公司
经　　销：新华书店
开　　本：875mm × 1270mm　1/32
字　　数：151 千字
印　　张：7.5
版　　次：2020 年 4 月第 1 版
印　　次：2020 年 11 月第 2 次印刷
书　　号：ISBN 978-7-5404-9504-6
定　　价：48.00 元

若有质量问题，请致电质量监督电话：010-59096394
团购电话：010-59320018